DÉPARTEMENT DE SEINE-ET-MARNE

ARRONDISSEMENT DE MELUN

NOTICE

DE LA

CARTE AGRONOMIQUE

DU

CANTON DE MELUN-SUD

DRESSÉE SOUS LES AUSPICES DU CONSEIL GÉNÉRAL

PAR

GUSTAVE LEFÈVRE

Ingénieur-Agronome

M. BŒGNER ÉTANT PRÉFET

M. DROZ, PRÉSIDENT DU CONSEIL GÉNÉRAL

M. BRANDIN, PRÉSIDENT DE LA COMMISSION AGRICOLE

M. DESFORGES, CONSEILLER GÉNÉRAL DU CANTON

1902

DÉPARTEMENT DE SEINE-ET-MARNE

ARRONDISSEMENT DE MELUN

NOTICE

DE LA

CARTE AGRONOMIQUE

DU

CANTON DE MELUN-SUD

DRESSÉE SOUS LES AUSPICES DU CONSEIL GÉNÉRAL

PAR

Gustave LEFÈVRE

Ingénieur-Agronome

M. BŒGNER ÉTANT PRÉFET
M. DROZ, PRÉSIDENT DU CONSEIL GÉNÉRAL
M. BRANDIN, PRÉSIDENT DE LA COMMISSION AGRICOLE
M. DESFORGES, CONSEILLER GÉNÉRAL DU CANTON

1902

AUX

CULTIVATEURS

DU CANTON SUD DE MELUN

QUI VEULENT UNE AGRICULTURE

SCIENTIFIQUE ET GÉNÉREUSE,

FRATERNELLEMENT,

JE DÉDIE CE TRAVAIL

G. L.

PRÉFACE

Il y a trente ans, l'Agriculture n'était encore qu'une pratique régulière, constante, léguée et consacrée par les siècles, acceptée avec ses observations justes comme avec sa routine et ses préjugés. Ceux qui travaillaient la terre, habitués et confiants, se souciaient peu de modifier la culture des ancêtres, en cherchant de nouvelles méthodes plus rigoureuses, en appliquant des procédés moins pénibles et plus avantageux. Les générations acceptaient les pratiques consacrées, et se méfiaient de toute tentative de progrès. Le fils, en recevant l'héritage d'observations strictement nécessaires, gardait l'outil, répétait les mêmes gestes, machinalement, par influence et par atavisme, sans demander, sans vouloir comprendre, sans pouvoir faire mieux. La terre, dont on utilisait mal les propriétés, dont on ne satisfaisait point les exigences, rendait peu, se mourait d'épuisement, fatiguée, appauvrie. « Depuis des siècles, le paysan prenait au sol sans jamais songer à lui rendre, ne connaissant que le fumier de ses deux vaches et de son cheval, dont il était avare; puis le reste allait au petit bonheur, la semence jetée dans n'importe quel terrain, germant au hasard, et le ciel injurié si elle ne germait pas. Le jour où, instruit enfin, il se déciderait à une culture rationnelle et scientifique, la production doublerait. » Mais alors il se riait des engrais, dont l'application nécessitant des connaissances sérieuses, un raisonnement judicieux, devaient détruire en lui la routine, ce manque d'initiative et de volonté, mais alors, il insultait les nouvelles machines, qui devaient tuer en lui la machine vivante, si docile, toujours « corvéable et taillable à merci. »

Et voilà que l'Agriculture est devenue une science, dont la connaissance exige des notions très étendues, dont l'application nécessite une observation constante, un raisonnement judicieux; car les dernières générations d'agronomes et de savants, en refusant le hasard et l'arbitraire, voulurent comprendre, faire mieux, et leurs travaux incessants, leurs luttes acharnées nous donnèrent une Agriculture nouvelle, agrandie de vérités et de progrès, l'Agriculture de l'avenir, rationnelle et scientifique.

Maintenant nous connaissons les défauts, les propriétés des sols que nous cultivons ; nous pouvons, dans une certaine mesure, les modifier avantageusement ; nous pouvons compléter leurs ressources naturelles par un apport convenable d'engrais et d'amendements. Des variétés patiemment sélectionnées, cultivées dans des sols fertilisés, donnent des rendements alors inconnus, inespérés. Un outillage nombreux et perfectionné diminue la rudesse, la longueur, le prix de revient des travaux, permet d'améliorer les propriétés foncières du sol et du sous sol et, par suite, d'obtenir des cultures mieux soignées et mieux adaptées.

L'industrie agricole, par son développement rapide, a permis l'extension de cultures de grande importance économique et sociale, et, par l'utilisation de ses résidus, a favorisé dans une large mesure l'engraissement rationnel et, par conséquent l'élevage du bétail. Ainsi, tandis qu'il y a un demi-siècle, l'Agriculture semblait rester stationnaire, délaissée devant le développement superbe de l'industrie, aujourd'hui, grâce à un essor rapide, elle a repris sa place et semble vouloir reconquérir sa première réputation. Les conditions économiques se sont ainsi brusquement modifiées, et, si les conditions sociales devenaient plus justes, si les intérêts communs se résolvaient en une entente mutuelle et fraternelle, Agriculture et Humanité, conduites par le travail et la science, marcheraient vers un avenir de progrès et de bonheur.

L'Agronomie, ou science de l'Agriculture, possède des connaissances de grande valeur, que l'agriculteur, soucieux d'une bonne exploitation, ne peut et ne doit plus ignorer. Pour cela s'impose à lui, tout d'abord, la connaissance méthodique des sciences fondamentales, qui lui permettront de comprendre et de juger les questions et les théories les plus importantes, les plus diverses. Ensuite, en se spécialisant dans les problèmes particuliers, dans les questions relativement secondaires, qui intéressent particulièrement son genre de culture, il pourra, par une étude plus approfondie, mais toujours claire et ordonnée, en comprendre les origines théoriques, en saisir les déductions pratiques et modifier avantageusement ses méthodes culturales. Les sciences fondamentales : la géologie et la chimie agricoles, l'agriculture proprement dite, la zootechnie, la mécanique et la technologie, s'enchaînent dans leurs principes et dans leurs déductions, de sorte qu'il est nécessaire, pour les comprendre toutes, et en tirer profit, de les étudier successivement dans leur ordre naturel.

Le fondement de l'Agriculture est la cognoissance des terroirs que nous voulons cultiver, écrivait au XVIe siècle, le célèbre agronome Olivier de Serres ; c'est en effet la première notion qui s'impose, celle qui domine toutes les autres. Pour cela, il nous faudra pouvoir apprécier les qualités de support des sols et des sous-sols, savoir corriger leur défauts par des façons culturales, par des améliorations foncières ; il nous faudra analyser les richesses en principes fertilisants de la terre que nous travaillons, connaître ses ressources naturelles. C'est alors, seulement, que nous pourrons déterminer ce qu'elle a de trop ou de pas assez, les cultures avantageuses qui lui conviendront, et que nous pourrons compléter, par l'apport raisonné d'engrais et d'amendements, les besoins et les exigences des plus belles récoltes.

Qui donnera aux agriculteurs les renseignements nécessaires, qui indiquera les défauts, les propriétés, qui déterminera les richesses, les ressources naturelles de leurs champs, alors que rien ne paraît aussi indéterminé, aussi variable ? Les maîtres de la géologie et de la chimie agricoles ont montré que les cartes agronomiques peuvent donner aux intéressés ces connaissances si utiles, qui sont le fondement de l'Agriculture nouvelle. M. Adolphe Carnot, membre de l'Institut, qui s'est particulièrement intéressé au développement des cartes agronomiques, nous permettra de rappeler ici les conclusions de son rapport à la Société nationale d'Agriculture :

« On sait déjà, par les observations culturales, ce qu'il faut fournir à une terre de composition donnée, pour la mettre dans un bon état de fertilité. Les observations se multipliant aujourd'hui dans tout le pays avec des bases de comparaison uniformes, ne tarderont pas à préciser mieux encore l'influence de la nature du sol et celle des engrais sur la qualité des récoltes dans les différentes conditions de climats.

« Les cartes agronomiques bien faites, en révélant aux cultivateurs la composition de leurs terres et en leur permettant, par conséquent, de savoir ce qui leur manque et ce qu'il convient de leur donner pour en obtenir des rendements plus satisfaisants, leur rendront assurément des services beaucoup plus grands qu'ils ne peuvent le soupçonner encore aujourd'hui.

« Aussi est-il bien à souhaiter que de semblables cartes se multiplient, encouragées par les municipalités, par les associations et par les particuliers qui veulent aider aux progrès de l'Agriculture en France. »

Mais les cartes agronomiques ne sont qu'un des fondements devant supporter l'édifice des connaissances nécessaires, utiles et agréables aux travailleurs de la terre. Dans les conditions actuelles, elles ont surtout pour but d'apporter à l'agriculteur les notions indispensables, celles dont il puisse tirer un profit immédiat. Mais en lui dévoilant des méthodes plus rationnelles, en lui indiquant des pratiques plus avantageuses, elles éveilleront en lui le désir de comprendre, de s'instruire davantage, et lui donneront la confiance et l'espoir, nécessaires pour marcher résolument dans la voie du progrès.

Gustave LEFÈVRE.

PREMIÈRE PARTIE
LE SOL

CHAPITRE PREMIER

CONSIDÉRATIONS GÉNÉRALES

Le manteau de terre végétale qui recouvre le Canton sud de Melun semble présenter, à première vue, un aspect superficiel assez uniforme. Cependant les Cultivateurs ont su observer et distinguent depuis longtemps de grandes différences dans la nature et dans la valeur culturale des terres. Tantôt ce sont des sols sablonneux, meubles, très perméables, secs, de faible valeur, tantôt des terres argileuses, froides, imperméables, difficiles à travailler, mais donnant des rendements plus élevés, etc. Souvent dans un même champ il est possible de distinguer trois, quatre natures différentes de terre.

En certains endroits les puits rencontrent l'eau à quelques pieds seulement de profondeur, mais quelques mètres plus loin il a fallu creuser davantage. Nous voyons jaillir des sources aux flancs des vallées, mais nous n'entendons pas le murmure d'un ruisseau, car ces eaux disparaissent bientôt dans les profondeurs du sol. Est-ce le hasard ou l'arbitraire qui dominent, ou bien, existe-t-il des lois naturelles, qui ordonnent la répartition des terres et qui régissent la distribution et l'écoulement des eaux ?

Autrefois, pour distinguer et pour classer les différentes valeurs des terres, on se basait principalement sur le rendement cultural, évidemment plus ou moins variable, et sur leur aspect physique. On pouvait ainsi réunir dans le même groupe des terres, qui paraissaient avoir la même valeur, mais dont l'origine, la nature et les propriétés étaient souvent fort différentes. Leurs qualités et leurs défauts semblaient se compenser, de telle sorte qu'il nous était difficile de distinguer dans chacune d'elles les défauts qu'il était plus particulièrement nécessaire de combattre et les qualités qu'il était avantageux d'utiliser à propos. A plus forte raison, ne connaissant pas la composition chimique des terres en principes fertilisants, on ne pouvait savoir quels étaient les éléments qui s'y trouvaient en quantité suffisante et ceux qu'il était nécessaire d'apporter sous forme d'engrais ou d'amendements.

Par exemple, trois terres, réputées de même valeur, pouvaient donner des rendements médiocres, l'une par défaut de potasse, l'autre par insuffisance d'acide phosphorique, la troisième par manque de calcaire. Les engrais potassiques donnés à ces terres agiront fort différemment : ils amélioreront considérablement la première, mais ils seront donnés en pure perte aux deux autres. Cet exemple est général.

Nous devons en conclure que la base de ce classement est arbitraire, le plus souvent inexacte, et surtout sans aucune valeur pratique, puisqu'on ne peut étendre aux terres réputées de même valeur les améliorations péniblement obtenues pour l'une d'elles. Dans ces conditions, l'Agriculture ne pouvait progresser que très difficilement et très lentement. Mais aujourd'hui, pour distinguer et pour classer les terres, nous possédons enfin la seule base scientifique qui ait une grande valeur pour l'Agriculture, c'est l'*Origine géologique des terrains.*

En effet, si, par la pensée, nous enlevons ce manteau de terre végétale, qui est en quelque sorte la peau de l'écorce terrestre, nous voyons apparaître le sous-sol proprement dit, composé de *roches* (1), dont l'origine, la nature, la couleur, la structure, etc., sont très différentes, mais bien caractérisées : Sables de Fontainebleau, Argile à Meulières, Argile verte, Alluvions, etc. De plus, si nous suivons les limites respectives de chacune de ces roches composantes, nous observons que les étendues occupées par chacune d'elles, quoique souvent très irrégulières de forme, correspondent cependant à des terres végétales de même nature, qui jouissent de propriétés semblables. Il nous est en effet facile de constater, et nous devons retenir :

1° *Que la nature et les propriétés des terres de même origine sont en rapport intime avec la nature et les propriétés de la roche sous-jacente;*

2° *Que cette nature et ces propriétés sont en général constantes ou de même ordre dans toute l'étendue occupée par la roche qui leur a donné naissance.*

Prenons un exemple : Le terrain géologique désigné sous le nom de Sables de Fontainebleau (Voir les Cartes géologiques), a donné naissance à des sols sablonneux, dont la nature et les propriétés caractéristiques (chaleur, mobilité, perméabilité extrême, faible valeur culturale, etc.) sont constantes, quel que soit l'endroit où on les considère. Il en est ainsi pour l'Argile verte, terrain géologique des Glaises ou Bouillons, et il en serait de même pour tous les autres terrains qui composent le canton.

Mais alors, *inversement,* sachant qu'une terre appartient à telle formation géologique, nous pourrons en déduire son caractère propre, ses défauts et ses qualités dominantes ; les améliorations obtenues et constatées dans un champ appartenant, par exemple, aux Sables de Fontainebleau pourront s'étendre et être appliquées, tout en tenant compte des influences locales, aux terres formées par lesdits sables.

C'est maintenant que nous comprenons la haute importance et les nombreux avantages de la distinction géologique des terrains, car il nous suffira d'établir un ou plusieurs champs d'observations et d'expériences dans une formation bien déterminée, pour qu'il nous soit permis d'étendre les résultats obtenus et d'appliquer les améliorations qui en découlent aux terres de même formation géologique.

Par conséquent, il est tout d'abord nécessaire d'étudier les différents terrains géologi-

---

(1) Toute agrégation de substances minérales est une *roche*, qu'elle soit d'ailleurs dure et consistante ou molle et incoherente. On dit une roche de grès, de marbre, une roche de marne, d'argile ou de sable.

Tout système de roches dont le gisement et la nature offrent de certaines analogies forme un *terrain*.

ques qui composent le Canton,et de déterminer les étendues occupées par chacun d'eux. Ce premier travail n'est autre que l'établissement de la Carte géologique du pays.

Cette première classification des terrains d'après leur origine géologique, et par suite cette première détermination des propriétés et de la valeur culturale des terres, tout en étant déjà de grande valeur, serait insuffisante si elle n'était pas complétée par l'analyse physique et chimique d'un nombre suffisant d'échantillons de terre qui, en nous donnant leur teneur en sable, argile, calcaire et humus, azote, acide phosphorique, potasse et chaux, nous révèle leurs propriétés intimes et nous fait connaître leur richesse naturelle en principes fertilisants.

Ici encore, l'analyse va nous confirmer le rapport étroit qui existe entre les propriétés, la richesse naturelle d'une terre et son origine géologique. C'est ainsi que les Sables de Fontainebleau ont donné naissance à des terres caractérisées par leur pauvreté en calcaire, en acide phosphorique, en potasse et en azote, quel que soit l'endroit où on les considère. Inversement, il nous suffira de savoir qu'une terre est issue des Sables de Fontainebleau pour que nous soyons prévenus (surtout si une analyse voisine vient nous confirmer de nouveau cette pauvreté), de la nécessité du marnage et de l'efficacité des engrais phosphatés, azotés et potassiques. Par conséquent, nous aurons encore le droit et la facilité d'étendre aux terres de même formation géologique, comprises entre les prélèvements, les connaissances et les résultats pratiques déduits de l'analyse pour chacun d'eux.

En résumé, par la distinction géologique des terrains, par l'analyse physique et chimique, complétée par l'observation culturale et la vérification pratique dans des champs d'expériences, nous connaîtrons la composition et les propriétés de toutes les terres, nous pourrons facilement distinguer les défauts qu'il est plus particulièrement nécessaire de combattre par des améliorations foncières et culturales bien appropriées, complétées par un apport judicieux d'engrais, et les qualités que, désormais, nous saurons utiliser avantageusement.

Autrefois, une amélioration péniblement obtenue dans un champ, si elle n'était pas jalousement gardée par son inventeur, ne pouvait,en tous cas,se répandre que difficilement et lentement. Elle exigeait une longue observation et de nombreux essais, qui, ne réussissant pas toujours, finissaient par lasser la bonne volonté des Cultivateurs.

Aujourd'hui, au contraire, grâce à la distinction géologique,complétée par l'analyse des terres, la plus petite découverte foncière ou culturale (il n'en est pas en Agriculture qui n'ait une grande importance pratique), obtenue dans un terrain géologique et dans des conditions bien déterminées, peut aussitôt être appliquée, au moins, à presque toutes les terres de même origine et de même composition.

Ces considérations nous expliquent pourquoi l'Agriculture est restée si longtemps stationnaire et routinière,et comment,depuis peu,le progrès s'est répandu avec tant de rapidité, transformant brusquement les conditions économiques de production, faisant de l'Agriculture une science nouvelle, qui, avec des conditions sociales plus justes, assurera à l'Humanité un avenir de progrès et de bien-être.

Il nous faut donc tout d'abord déterminer, les différents terrains géologiques qui ont donné naissance à toutes les terres du Canton ; ensuite,nous étudierons avec soin leurs propriétés caractéristiques. Ce sera précisément le but du chapitre suivant.

CHAPITRE DEUXIÉME

ÉTUDE GÉOLOGIQUE ET FORMATION DES TERRAINS DU CANTON

Quelques Cultivateurs, se basant sur le rendement cultural pour différencier leurs terres, sont arrivés quelquefois à trouver un nombre exagéré de terres différentes. Il est évident que dans un champ, composé le plus souvent de parcelles réunies ultérieurement, la profondeur de la terre végétale, les façons culturales, les antécédents culturaux, etc., influent sensiblement sur la valeur du sol, sans pour cela que la nature de la terre, ses propriétés et sa composition soient différentes. Au contraire, nous allons voir que dans toute l'étendue du Canton, nous ne rencontrons qu'un nombre relativement restreint de terrains types.

Mais avant d'étudier séparément la constitution et les propriétés caractéristiques de ces différents terrains, nous croyons utile et intéressant de faire connaître, tout au moins dans leurs grandes lignes, leur origine, leur mode de formation, ainsi que les caractères généraux qui leur sont communs

Remarquons tout d'abord, et il nous est facile d'observer (voir les coupes géologiques), qu'un terrain géologique quelconque (Argile à meulières, Argile verte, Travertin), affleurant sur l'un des flancs d'une vallée, affleure au même niveau sur le flanc opposé, et que ce niveau est sensiblement constant non seulement dans tout le cours de la vallée considérée, mais encore dans toutes les vallées suffisamment rapprochées. De même, si nous observons le niveau supérieur des Sables de Fontainebleau, c'est-à-dire leur contact avec l'Argile à meulières de Beauce, nous constatons que ce niveau est le même (environ 130 mètres au-dessus du niveau de la mer), aussi bien sur les pentes du plateau de Mondeville, au Tertre blanc, à Thurelles qu'à la Croix-Franchard, Monts-de-Fays, etc., qui sont distants de Mondeville de plus de 20 kilomètres. Jetons maintenant les yeux sur les coupes géologiques qui accompagnent les Cartes agronomiques ; elles représentent la superposition des terrains types. Or nous remarquons que les différents terrains ont plus ou moins d'épaisseur, mais que les lignes qui les délimitent entre eux sont parallèles et sensiblement horizontales. Enfin, nous pouvons observer directement dans certains endroits et ces considérations démontrent que tous les terrains anciens qui composent le Canton et ses dépendances sont limités dans leur ensemble par des surfaces planes, parallèles, et qu'ils sont régulièrement superposés les uns aux autres, comme les feuillets d'un livre. C'est la disposition propre aux terrains dits *Stratifiés*.

En observant plus attentivement, nous constatons de plus que les éléments propres qui composent tous les terrains du Canton le sable, l'argile, le calcaire ne sont que les débris, les fragments plus ou moins triturés de roches préexistantes. Ainsi les sables proprement dits sont formés de petits grains de quartz, isolés et irréguliers, quelquefois purs, mais souvent colorés en rouge ou en jaune par des oxydes de fer. Ces grains de quartz constitués par de la silice cristallisée, n'ont pu en effet être formés sur place, car la cristallisation de la silice exige des températures considérables, absolument inconnues à l'époque de formation des Sables de Fontainebleau ; ils proviennent de la désagrégation de roches préexistantes appelées *granites*. Les grès eux-mêmes, dont la masse nous étonne, ne sont que des sables, c'est-à-dire des grains de quartz, qui ont été, après leur dépôt, agglomérés par un ciment, apporté par les eaux d'infiltration, tantôt calcaire, tantôt siliceux. De même les argiles proviennent de la décomposition et de la trituration des roches feldspathiques ; enfin le calcaire (carbonate de chaux) que nous rencontrons en plus ou moins grande quantité dans tous les terrains, est insoluble dans l'eau ; ne pouvant prendre naissance sur place, il a donc fallu qu'il soit tout d'abord entraîné et dissous par des *eaux chargées d'acide carbonique* à l'état des bicarbonate de chaux soluble. L'acide carbonique venant à s'évaporer, le bi-carbonate soluble redevient du carbonate de chaux (calcaire) insoluble qui se dépose aussitôt. Le concours de l'eau chargée d'acide carbonique est donc indispensable pour cet élément.

En définitive, c'est la décomposition des roches éruptives (granites, porphyres, etc.), due à l'action dissolvante des eaux chargées d'oxygène et d'acide carbonique, qui a donné naissance à l'argile, au sable, et au calcaire, éléments constitutifs des terrains sédimentaires ainsi qu'à certains principes fertilisants, comme la potasse, la soude, la magnésie, le fer, l'acide phosphorique, la chaux, l'acide sulfurique, etc. Les eaux de ruissellement et la mer ont trituré et séparé ces différents éléments, les ont quelquefois transportés à de grandes distances, puis les ont déposés sous forme d'alluvions en bordure et dans le lit des fleuves, de sédiments lacustres ou marins, au fond des lacs et des mers. L'argile, le sable et le calcaire ont pu être quelquefois nettement séparés ; leurs dépôts respectifs, par conséquent, ont donné naissance, soit à des terrains argileux (Argile verte), soit sableux (Sables de Fontainebleau), soit calcaires (Craie). Mais en général ces premiers dépôts ont été repris par les eaux, remélangés en partie et dans différentes proportions, et ont ainsi donné naissance à des terres intermédiaires entre les trois terrains types : argilo-siliceuses, argilo-calcaires, silico-argileux (Eboulis), etc. Mais, de toute façon les trois éléments qui les composent : argile, sable et calcaire proviennent de la décomposition des *roches éruptives*.

L'humus qui forme le quatrième élément constitutif des sols, n'est apparu qu'avec la vie organique, dont il est le résidu.

Ces considérations, la disposition stratifiée des couches et l'ordre régulier des dépôts attestent d'une manière absolue que les éléments constitutifs de ces terrains : le sable, l'argile et le calcaire ont été tout d'abord tenus en suspension ou en dissolution (bicarbonate de chaux) dans les eaux des fleuves, des lacs ou des mers. Puis, lorsque les circonstances l'ont permis, ils se sont déposés sous l'action de la pesanteur, quelquefois sur les rives des fleuves, mais le plus souvent au fond des lacs ou des mers. Ils ont constitué ainsi des *Sédiments* (c'est ainsi qu'on appelle les dépôts formés par les eaux), d'où le nom donné à ces dépôts de *Formations sédimentaires*.

En outre, nous avons la preuve vecue, palpable, que ce sont bien des fleuves, des lacs, ou des mers qui ont déposé les terrains que l'on cultive aujourd'hui, et qui s'étendent bien au-delà du Canton et même du Département, par la présence dans ces dépôts de fossiles. Ces fossiles sont les débris plus ou moins bien conservés d'animaux marins ou lacustres, de plantes aquatiques, qui vivaient aux époques de formation des terrains dans lesquels on les retrouve. Après leur mort, leur squelette, leur coquille, leur empreinte ont été ensevelis et conservés par les dépôts de ces terrains. Leur découverte apporte aujourd'hui le témoignage éclatant de l'évolution continuelle et la transformation éternelle de notre planète.

Nous connaissons maintenant l'origine et la formation de nos terrains sédimentaires, mais nous avons dit que les éléments constitutifs de ces terrains avaient été arrachés par les eaux à des terrains préexistants Il faut donc que les terrains primitifs aient eu un mode de formation différent. Nous allons essayer de l'expliquer en quelques mots.

Il y a des millions d'années, la Terre, ainsi que ses planètes sœurs issues de la nébuleuse solaire, étaient de véritables petits soleils, c'est-à-dire des globes lumineux en fusion. Les minéraux les plus réfractaires, la silice, l'alumine, la chaux, le fer, etc., étaient à l'état liquide. L'atmosphère contenait à l'état de vapeur toutes les eaux du globe et tous les éléments volatils. Lorsque, par rayonnement la Terre commença à se refroidir, les roches les moins fusibles et les plus légères vinrent former à la surface comme les scories d'une masse de fonte en fusion. Une première croute terrestre se forma qui se durcit peu à peu et prit de plus en plus d'épaisseur. Lorsque cette première écorce fut assez épaisse pour intercepter suffisamment la chaleur du feu interne, les eaux, qui étaient primitivement à l'état de vapeur, purent se condenser et tombèrent en pluies. L'Océan couvrit bientôt toute la Terre. Au sein de ces eaux à haute température se formèrent et se transformèrent les premières roches à structure stratifiée ; les Gneiss et les Micaschistes. Ces roches sont intermédiaires entre les roches éruptives que nous allons voir apparaitre et les roches sédimentaires. Mais bientôt des éruptions considérables de roches en fusion, justement appelées *Roches éruptives* traversèrent cette première écorce encore peu résistante et constituèrent ainsi, au milieu de l'Océan, les premiers Continents. En France, apparurent les puissants massifs granitiques du Plateau Central, de la Bretagne, l'axe des Alpes, des Pyrénées et des Vosges.

Ces Roches éruptives, provenant directement du noyau terrestre, sont aussi appelées *Roches ignées*, pour rappeler que la chaleur est intervenue dans leur formation et qu'elles ont été primitivement à l'état de fusion ; elles se sont solidifiées sur place.

Parmi ces roches les plus importantes sont: les Granites, les Syénites, les Porphyres, etc.; les Trachytes, les Basaltes, les Laves, qui sont rejetées par les volcans modernes, ont la même origine. Ces roches sont caractérisées et se distinguent des roches sédimentaires : 1° par la présence de petits cristaux; 2° par leur disposition non stratifiée; 3° par l'absence complète de fossiles.

Tous les éléments, tous les principes (sauf l'humus) qui composent nos terrains sédimentaires : sable, argile, calcaire, la plupart des principes nutritifs minéraux nécessaires à la vie des plantes et des animaux : phosphore, soufre, potasse, chaux, fer, magnésie, etc. proviennent en totalité ou en partie des roches éruptives. C'est ainsi que les premiers sédiments se formèrent aux dépens des premiers continents.

Depuis la première croûte terrestre jusqu'à nos jours la surface du globe subit des convulsions violentes, qui se traduisirent par des transformations brusques mais passagères : soulèvement de quelques chaines de montagne, éruptions volcaniques, etc., qui apportèrent la destruction et la mort sur de grandes étendues. Mais les modifications les plus importantes de la surface du globe ont été causées par des forces moins violentes, mais beaucoup plus continues : affaissement des terrains et envahissement de la mer, élévation des continents et conquêtes sur la mer, forces d'érosion et de transport, travail de décomposition et de désagrégation.

La vie, apparue dès les premiers âges de la planète sous des formes très simples, se modifie peu à peu ; les formes se compliquent, les espèces se multiplient, disparaissent ou s'adaptent aux nouvelles conditions des milieux qui les entourent, l'organisation progresse sans cesse et se développe insensiblement pour s'élever aux formes supérieures de l'organisme animal et végétal. Nous retrouvons dans les terrains géologiques aux différents âges de la terre, sous forme de fossiles, les différents gradins de l'évolution. L'homme, apparu pendant la dernière période, semble marquer par sa raison et son intelligence l'apogée de cette évolution lente et progressive.

Les géologues partagent l'ensemble des couches sédimentaires en quatre groupes qui sont, par ordre d'ancienneté décroissante : Le groupe *primaire*, le groupe *secondaire*, le groupe *tertiaire* et le groupe *quaternaire*.

Chacun des groupes se divise en groupes moins étendus qu'on appelle les *terrains*; les terrains, en *étages*.

SÉDIMENTS MARINS ET LACUSTRES

Les terrains qui composent le Canton sud et en majeure partie le département de Seine-et-Marne appartiennent aux groupes tertiaire et quaternaire de la formation géologique de notre planète. L'âge des premiers remonte à plusieurs milliers de siècles. Toute la masse de ces terrains repose sur la grande formation de la Craie, qui appartient au groupe secondaire.

L'étude des terrains du Canton suivra l'ordre chronologique de leur formation. Nous commencerons par le terrain formé le premier, c'est-à-dire le plus ancien, puisqu'il sert d'assise aux terrains supérieurs. Il appartient à l'étage de l'Eocène supérieur des terrains éocènes du groupe tertiaire. Il est désigné sous le nom de Travertin de Champigny, et correspond à l'étage du Gypse parisien.

Travertin de Champigny. — A l'époque de formation du Travertin, le Canton sud, si nous pouvons parler ainsi, était occupé par un lac voisin de la mer dans lequel venait se déverser des eaux riches en sels calcaires. Ce calcaire se déposa au fond du lac et donna naissance à un banc puissant, constitué par une roche calcaire plus ou moins tendre. Vers la fin de ce dépôt, et à une époque postérieure, des eaux abondantes chargées de silice ont traversé la masse, dissolvant le calcaire sur leur passage, mais déposant la silice et, par suite, durcissant les parties voisines ; la silification gagnait par infiltration et imbibition une grande partie de la masse calcaire.

Par conséquent, aujourd'hui, ce terrain est constitué par une roche calcaire siliceuse, blanche, fissureuse, dont la dureté est en rapport avec la proportion de silice qu'elle contient ; c'est pourquoi la partie supérieure du Travertin est souvent très dure, tandis que la partie inférieure est plus tendre au point de devenir quelquefois marneuse. La puissance de cette formation est comprise entre 25 et 30 mètres. Son niveau supérieur, sensiblement horizontal, est voisin de 60 mètres au-dessus du niveau de la mer. Les eaux superficielles se perdent facilement dans ce terrain par suite de nombreuses fissures et crevasses qu'elles agrandissent continuellement au point de former de véritables gouffres (fossés de Cély, gouffre de Boissise). Les rivières de l'Ecole et du Rebais qui, à partir de Saint-Germain et de Cély, coulent sur le Travertin, voient de ce fait la moitié de leurs eaux se perdre dans le sous-sol. Tous les fours à chaux du Canton utilisaient le Travertin comme matière première ; dans ses parties silicifiées, il peut également servir pour matériaux d'empierrement ; mais, n'étant pas suffisamment friable, il ne peut être employé avantageusement comme amendement calcaire.

Dans le Canton sud, le Travertin ne vient affleurer que dans les vallées de la Seine, de l'Ecole, du Rebais et du ru de Moulignon.

Argile verte. — A la fin de l'époque éocène, le bassin de Paris et le Canton sud en particulier étaient émergés et occupés par des lacs et des lagunes. Le commencement de l'époque oligocène, qui fait suite à l'éocène, et à laquelle appartiennent les formations dites de l'Argile verte, est marquée par un léger envahissement de la mer. Celle-ci dépose tout d'abord sur le Travertin de Champigny des marnes jaunâtres, feuilletées, à Cyrènes (mollusque bivalve d'eau saumâtre), puis l'argile verte proprement dite. C'est une véritable glaise massive, de couleur verte, plus ou moins marneuse, imperméable, d'une épaisseur de 5 à 6 mètres. Son niveau supérieur, sensiblement horizontal, est voisin de 65 mètres au-dessus du niveau de la mer. L'argile verte est remarquable par la constance de son horizon et de son niveau d'eau. C'est elle qui donne à la Brie sa fraîcheur et son humidité, qui la distingue nettement de la Beauce. Grâce à son imperméabilité, elle arrête les eaux d'infiltration et de ruissellement, et forme ainsi au-dessus d'elle une nappe d'eau, qui alimente les puits et qui vient sourdre aux flancs des vallées, donnant ainsi naissance à des sources claires et souvent abondantes, à des fontaines, à des lavoirs. L'argile verte forme dans les vallées une zone fraîche et souvent humide (bouillons), où viennent, de préférence, osiers, saules et peupliers, et qui tranche nettement avec celle du Travertin de Champigny, située au-dessous, chaude et sèche.

L'argile verte affleure dans les mêmes vallées au-dessus du Travertin de Champigny. Elle forme, en partie, le sous-sol des prés de Cély, Fleury, Saint-Martin et Arbonne.

Elle est exploitée, principalement dans les environs de Paris, pour la fabrication des briques, tuiles et poteries. Dans le Canton sud autrefois on s'en servait à tort comme amendement calcaire, car la proportion de cet élément dépasse rarement 10 o/°. A sa partie supérieure, en contact avec l'argile à meulières de Brie, l'argile verte est mélangée de lits et de rognons calcaires, irréguliers, peu épais. Ces parties marneuses sont trop irrégulières et trop peu importantes pour qu'on puisse les employer avantageusement comme amendement calcaire, mais il faudra en tenir compte dans la reconstitution du vignoble.

Meulières, Calcaire et Marnes de Brie. — La fin du dépôt de l'Argile verte est marquée par un léger exhaussement du sol qui force la mer à se retirer du bassin de Paris. Le Canton sud et la majeure partie du département de Seine-et-Marne sont alors occupés par un grand lac, où viennent se déverser en abondance des eaux chargées de calcaire et de silice. Le dépôt de ces sels donne naissance à une couche importante de calcaires blancs plus ou moins durs selon la quantité de silice qu'ils contiennent, et qui va en augmentant de la base au sommet. Ce dépôt primitif a généralement subi une modification postérieure, qui dure encore, et qui a donné au calcaire siliceux de Brie l'aspect meulier que nous lui voyons aujourd'hui.

En voici la cause : Les eaux atmosphériques, s'infiltrant dans le calcaire siliceux de Brie, dissolvent peu à peu le calcaire à l'état de bicarbonate de chaux qui est entraîné avec elles et sort par les sources; elles laissent au contraire le squelette siliceux, qui constitue aujourd'hui de véritables meulières à texture caverneuse, spongieuse à teinte ferrugineuse, criblées de trous (primitivement occupés par le calcaire), disposées en blocs isolés, démantelés, réunis par une argile grisâtre ou rougeâtre, mélangée de graviers et de sables grossiers qui servent de liens, d'où le nom d'Argile à meulières donné aujourd'hui à ce terrain. Mais là où le calcaire de Brie est protégé par des dépôts supérieurs (couches argileuses, sables de Fontainebleau, etc.), les eaux atmosphériques n'ont pu agir sur lui, et il est resté à l'état de « crayon blanc », qui est un calcaire argilo-siliceux plus ou moins tendre.

Ainsi donc la meulière est née sur place aux dépens du banc primitif de calcaire siliceux de Brie par suite de la dissolution et de l'entraînement du calcaire par les eaux atmosphériques; cette modification se continue encore de nos jours.

Des meulières de bonne qualité sont activement exploitées, dans le canton sud, à Orgenoy, Pringy, Boissise, et dans nombre de localité des départements de Seine-et-Oise et de Seine-et-Marne comme matériaux de construction et d'empierrement; les meules de moulin proviennent de la Ferté-sous-Jouarre.

Dans le Canton sud, l'Argile à meulières est bien développée; elle atteint de 8 à 12 mètres d'épaisseur. Son niveau supérieur, dans son ensemble horizontal, est souvent légèrement ondulé à la surface, ce qui donne des épaisseurs variables de terre arable ; son altitude est voisine de 75 mètres-au-dessus du niveau de la mer.

L'Argile à meulières de Brie est tantôt suffisamment perméable, tantôt imperméable; cela dépend de la proportion et de la disposition de l'argile qui enveloppe les blocs de meulières. Dans le Canton sud, elle peut être considérée comme jouant le rôle d'éponge, absorbant lentement et retenant les eaux superficielles.

La nappe d'eau qui repose sur l'Argile verte a quelquefois, suivant les niveaux, de 4 à 5 mètres d'épaisseur, de sorte que les puits n'ont pas besoin d'atteindre l'argile pour trouver l'eau en abondance. Au contraire lorsque la nappe d'eau est peu épaisse, elle est sujette a à s'épuiser rapidement, alors il est avantageux d'entamer la couche d'argile si l'on veut posséder en réserve un cube d'eau suffisant.

Les fossiles du Calcaire de Brie sont peu nombreux ; on y rencontre seulement quelques mollusques gastéropodes d'eau douce, Planorbes et Limnées.

Le Calcaire ou Travertin de Brie forme les premières pentes des vallées de la Seine, de l'Ecole et du Rebais. Il repose sur l'Argile verte, dont il est séparé quelquefois par quelques lits peu épais de calcaires marneux. Il forme en partie le sous-sol des plaines de Perthes, Chailly, Nainville, Saint-Fargeau et leurs dépendances.

Sables de Fontainebleau. — Depuis le dépôt du Travertin de Champigny, la région parisienne est soumise à des mouvements d'affaissement et d'exhaussement du sol qui se traduisent par des immersions et des émersions successives. La mer et la terre ferme sont en lutte, et elles prennent possession tour à tour du bassin de Paris, où elles déposent successivement des couches marines, saumâtres et lacustres. Mais après le dépôt du Calcaire de Brie, la mer reprend véritablement possession du bassin de Paris, et dépasse même vers le sud les limites atteintes par les mers de l'époque éocène.

Cette mer puissante occupe le centre et le nord de la France, elle s'étend en Belgique et dans l'ouest de l'Allemagne.

Dans le bassin de Paris elle dépose tout d'abord une couche peu épaisse de marnes riches en fossiles (Ostrea cyathula, etc.), qui n'est pas représentée dans le Canton sud, puis la formation très importante dite des Sables de Fontainebleau, puissante de 40 à 70 mètres. Ces sables sont composés de grains de quartz blanc, translucides, plus ou moins grossiers, métangés de paillettes brillantes de mica. Le quartz et le mica proviennent de la décomposition et de la désagrégation des roches granitiques des monts de la Bretagne et de l'Auvergne. Des fleuves puissants les ont charriés jusqu'à la mer dans laquelle ils se sont déposés.

Les sables, primitivement blancs, sont quelquefois colorés en jaune et même en rouge foncé par des oxydes de fer et alors disposés en couches irrégulières et superposées. Ces oxydes de fer se sont déposés en même temps que les sables, ou proviennent d'infiltrations.

Les grès de Fontainebleau, qui occupent en bancs plus ou moins réguliers le sommet des sables, ne se sont formés que postérieurement. Car ces grès, dont la masse et la situation nous étonnent, ne sont que des grains de quartz agglutinés après coup « par un ciment, tantôt siliceux, ce qui forme les grès dits lustrés, les plus durs et les plus recherchés comme pavés, tantôt et le plus souvent calcaire. Quelquefois un peu d'oxyde de fer se mêle à ce ciment et donne aux grès une teinte jaune et ocre. En certains endroits, à Bellecroix, par exemple, le ciment calcaire, malgré les grains de quartz, a formé des cristaux rhomboédriques. »

« En général, les grès forment au milieu des sables des rognons de formes très variées : les uns, composés de couches plus ou moins dures, ont une structure feuilletée ; les autres, irrégulièrement arrondis et soudés ensemble, ressemblent à des grappes colossales. Les pluies entraînent les sables qui entourent ces rognons et il en résulte ces masses de grès, éparses au milieu des bouleaux et des pins, qui donnent à certaines parties de la forêt de Fontainebleau, par exemple aux gorges d'Apremont et de Franchard, un aspect si pittoresque. » (E. Risler. — Géologie agricole.)

Les sables de Fontainebleau se sont déposés uniformément et couvraient toute l'étendue du bassin de Paris et du Canton sud, en particulier.

Leur niveau supérieur était sensiblement horizontal puisque les parties qui n'ont pas été entamées par l'érosion nous le montrent à 127 mètres au plateau de Mondeville, à 128 mètres à la butte de Thurelles, à 129 mètres à la Croix du Grand-Veneur et aux monts de Fays.

Les sables sont essentiellement perméables et absorbent toutes les eaux ; aussi dans la forêt on n'entend le murmure d'aucun ruisseau.

Malheureusement les Sables de Fontainebleau sont encore aujourd'hui largement représentés dans le canton sud. Ils forment les pentes du plateau de Mondeville et de la Forêt, des buttes de Thurelles, de Chalmont ; ils constituent les îlots sableux de Barbison, de Fleury, de Chailly, de la Garenne (Cély et Saint-Germain), de Villiers, de Dammarie, de la Rochette, d'Auverneaux, etc. Nous verrons que les sables entrent en grande proportion dans la composition des Eboulis. Ils forment en partie le sous-sol des plaines de Chailly, Saint-Martin, Fleury, Arbonne. Les sables sont utilisés comme matériaux de construction, pour les usages domestiques, etc. Les grès sont employés pour le pavage.

Le sommet des Sables de Fontainebleau est quelquefois occupé par un dernier horizon fossilifère où l'on remarque des espèces d'eau douce et même terrestres. C'est ainsi que l'on peut constater que les Sables de Fontainebleau se terminent par des couches d'estuaire qui annoncent le régime lacustre qui va lui succéder.

Calcaire de Beauce. — En effet, après le dépôt des Sables de Fontainebleau une émersion se produit dans tout le bassin de Paris, et elle est définitive. Puis le lac de Beauce, venant du sud, gagne peu à peu la région parisienne. Ce lac a une grande analogie avec le lac du Calcaire de Brie. Les dépôts, qui sont semblables, calcaires siliceux et marneux, subissent sous les mêmes causes les mêmes transformations : le calcaire passe peu à peu à la meulière.

Les fossiles sont mieux conservés et par conséquent plus nombreux; ce sont encore pour la plupart des mollusques gastéropodes d'eau douce Planorbes, Limnées, et terrestres, du genre Escargot (Helix Ramondi); on a retrouvé les ossements de l'Anthracotherium, pachyderme de la taille du cheval.

Le Calcaire de Beauce repose directement sur les Sables de Fontainebleau qu'il recouvre presque entièrement au nord ; il se prolonge au sud dans l'Orléanais et même en Auvergne.

Il est peu représenté aujourd'hui dans le Canton sud (nous en verrons la cause) ; il couronne les buttes de Thurelles et les grands plateaux de la Forêt (Croix du Grand-Veneur, Monts de Fays, etc.)

Ainsi donc, à la fin de l'époque tertiaire tout le bassin de Paris était occupé par un plateau régulier, horizontal, dont la surface se trouvait être à 50 mètres environ au-dessus de la plaine actuelle de Perthes, et qui se rattachait aux plateaux de la Beauce, du Gatinais et de l'Orléanais. Le plateau de Mondeville se continuait sans interruption jusqu'aux Monts de Fays, Croix du Grand-Veneur, etc., et se prolongeait à l'est sur la Brie et au nord au-delà de Paris. Aujourd'hui, le plateau de Mondeville et les Monts de Fays sont séparés par une profonde dépression. Le Canton sud a donc subi pendant la période quaternaire, qui fait suite à l'époque tertiaire, des modifications considérables, qui lui ont donné la configuration que nous lui voyons aujourd'hui, et qui se modifie sans cesse, rien n'étant immuable dans la nature.

L'époque quaternaire est en effet marquée par des phénomènes géologiques remarquables, dont les plus importants sont l'extension des glaciers et le grand développement des cours d'eau. Les glaciers et les neiges couvraient presque toute la France. Du reste ce phénomène glaciaire est alors général non seulement en France mais sur presque toute l'Europe et même en Amérique ; mais, comme en Suisse, il indique plutôt une grande abondance de précipitations atmosphériques qu'un froid très vif.

Il n'est donc pas étonnant que la fusion de réserves d'eau aussi considérables jointe à des pluies diluviennes aient donné naissance à des rivières dont la puissance du courant et la grandeur du débit étaient très élevées. C'est cette époque diluvienne dont tous les peuples justement impressionnés, ont gardé la tradition.

Aujourd'hui les fleuves et les rivières n'occupent plus que le fond de leurs anciennes vallées, mais on retrouve sur les flancs de celles-ci des alluvions (Alluvions anciennes et modernes, Graviers des hauts plateaux), qui montrent la grandeur des anciens lits. C'est ainsi que la Seine, dont la largeur moyenne est maintenant de 160 mètres, avait dans les temps quaternaires 6 kilomètres de large, et roulait au moment des crues 60.000 mètres cubes, soit à débit 25 fois plus élevé que de nos jours. Ces rivières avaient une allure torrentielle, comme le prouve le volume des blocs transportés.

De plus les mouvements du sol, qui ont affecté régulièrement toutes les couches tertiaires, et qui ont eu pour effet de relever l'est de la région parisienne, tandis que la vallée de la Seine s'affaissait, ont augmenté, surtout dans nos régions, la puissance des effets dus à l'érosion.

C'est ainsi qu'à la fin de l'époque tertiaire, les eaux de ruissellement, les eaux courantes, qui sont de puissants agents de dégradation, ont tout d'abord élargi et creusé le propre lit de la Seine, puis ont fini par entamer le manteau protecteur formé par le calcaire siliceux de Beauce. Une fois que les Sables de Fontainebleau ont été mis à nu, il est facile de comprendre que les eaux se sont fait un jeu de raviner et de transporter des éléments aussi légers et aussi meubles, alors que la Seine charriait des blocs de plus d'un mètre cube. La puissance de ces eaux et la faiblesse de résistance de ces sables expliquent comment des masses aussi considérables ont pu disparaître et être entraînées par les eaux au loin et jusqu'à la mer. Seulement là, où le Calcaire de Beauce ou les grès à ciment siliceux ont pu protéger les Sables, il reste l'ancien plateau comme à Mondeville aux Monts de Fays, etc., des collines, ou simplement des buttes sableuses, comme à Chailly, Fleury, Cély, etc. Les grès de la partie supérieure des Sables, déchaînés et désunis par l'érosion, ont roulé sur les pentes des collines, formant parfois des grappes colossales donnant à certaines régions (gorges de Franchard et d'Apremont, etc.), un aspect ruiniforme très pittoresque.

L'orientation sud-est-nord-ouest des profondes vallées de la Forêt indique la direction des puissants courants d'eau auxquels il faut attribuer la transformation complète de nos régions.

2

Le Calcaire de Beauce termine le groupe des terrains tertiaires qui composent le Canton sud.

Les terrains qui vont suivre sont d'un âge relativement récent, et font partie de l'époque quaternaire, caractérisée par l'apparition de l'homme, d'animaux et de végétaux dont les espèces vivent encore aujourd'hui.

Eboulis. — Le Canton sud est aujourd'hui recouvert par un manteau sableux plus ou moins épais provenant des *Eboulis* des Sables de Fontainebleau et du Calcaire argileux et siliceux de Beauce.

A la fin de l'époque diluvienne, le Canton sud et ses dépendances était occupé par un lac, tributaire de la Seine, dont les flots venaient battre les flancs des collines sableuses de la Forêt et du plateau de Mondeville. Les eaux qui ravinaient ces régions ont finalement déposé dans ce lac les éléments des terrains supérieurs, sable, argile et calcaire.

Malheureusement les sables sont en forte proportion ils sont composés, comme les Sables de Fontainebleau, dont ils proviennent, par des grains de quartz roulés, de grosseur différente, plus ou moins colorés par des oxydes de fer. Au contraire, l'argile en quantité généralement insuffisante, pour donner aux terres certaines qualités physiques et chimiques ; elle est généralement en proportion plus élevée dans le sous-sol. Quant au calcaire, déjà primitivement en faible quantité, il a presque totalement disparu, dissous et entraîné par les eaux d'infiltration à l'état de bicarbonate de chaux.

On remarque dans les Eboulis quelques couches de sable rouges contenant en plus ou moins grande proportion des oxydes de fer, qui leur communiquent des propriétés agglutinantes, et quelques couches de sable argileux verdâtres, qui peuvent diminuer dans certains endroits, notamment à Villiers, la perméabilité naturelle des Eboulis.

Les Eboulis reposent directement soit sur le Travertin de Brie, soit sur les Sables de Fontainebleau, là où l'érosion n'a pu les enlever complètement. (Voir les coupes géologiques.)

Le manteau d'Eboulis a été également raviné après son dépôt par les eaux atmosphériques, qui ont dû trouver un écoulement vers la Seine; elles ont creusé petit à petit les vallées de l'Ecole et du Rebais, qui ont mis à jour les terrains sous-jacents: Travertin de Brie Argile verte et Travertin de Champigny.

Les Eboulis ont une épaisseur variable de 0,30 à 3 mètres et même davantage, épaisseur qui augmente d'autant la valeur agricole des terres.

Dans les Eboulis et dans le Limon des plateaux de Brie, on rencontre souvent des blocs de caillasse et de meulière, ainsi que des grès siliceux durcis, appelés cliquart, et dont le volume peut être relativement considérable. Ces pierres et ces grès se rencontrent toujours couchés à plat. Les premières, qui proviennent du Calcaire de Beauce, et les cliquarts, issus des grès de Fontainebleau, n'ont pas été roulés ni transportés par les eaux; ils sont descendus sur place par affouillement de leurs positions primitives.

Le Limon des plateaux de Brie. — La plaine de Saint-Fargeau, Mennecy, etc., est recouverte d'un manteau limoneux, dont l'origine et la composition ne diffèrent pas sensiblement de celles des Eboulis; cependant les éléments sableux sont plus fins et la proportion d'argile plus élevée; le calcaire fait également défaut. Le Limon repose directement sur le Calcaire de Brie. Son épaisseur, quoique variable, est généralement suffisante.

DÉPOTS FLUVIATILS

Dans cette série, contrairement à ce qui précède, ce sont les terrains supérieurs qui se sont déposés les premiers et qui, par conséquent, sont les plus anciens.

Hauts graviers des plateaux. — Sur les flancs de la vallée de la Seine, mais à une altitude supérieure de 40 mètres à son niveau actuel, on trouve des terrains composés de galets et de silex roulés au milieu de graviers et de sables granitiques, qui tranchent nettement sur les Eboulis et le Limon. Ces matériaux ont été charriés par la Seine à une époque relativement éloignée par rapport aux autres dépôts fluviatils.

Alluvions anciennes. — Ces Alluvions anciennes forment les premières terrasses du fleuve. Elles se composent de lits irréguliers de cailloux, de graviers de différents calibres, de sables plus ou moins grossiers. Tous ces matériaux, charriés et déposés par la Seine ont été arrachés et proviennent des régions traversées par le fleuve dans son cours supérieur : sables et fragments granitiques du Morvan, charriés par l'Yonne, galets jurassiques de la Bourgogne, silex de la Craie, venant de la Champagne, meulières de Brie, grès de Fontainebleau, etc. Ces matériaux se sont déposés, suivant leur pesanteur et selon la force du courant aux différents étages occupés successivement par le fleuve.

Ces dépôts se sont formés principalement sur les rives convexes du fleuve, là où la vitesse du courant s'amortit.

Dans ces alluvions anciennes on a retrouvé les ossements de presque toute la faune quartenaire, qui habitait nos régions et qui est contemporaine de l'homme éléphants, rhinocéros, hippopotames, ours des cavernes, hyènes, chevaux, bisons, cerfs géants, etc.

Les Alluvions anciennes occupent la terrasse formée par la boucle de Melun ; on les rencontre au confluent de l'Ecole et dans la boucle de Saint-Fargeau. Elles sont exploitées pour leurs cailloux, graviers et sables.

Enfin les **Alluvions modernes** déposées plus récemment par les rivières sont composées des mêmes matériaux. Ceux-ci se déposent suivant leur pesanteur et selon la force du courant au point considéré, soit dans le lit des rivières, soit sur leurs rives, lorsqu'ils suivent le fleuve dans ses débordements.

Ainsi donc l'étude des terrains du Canton sud nous montre toutes les modifications qu'il a subi depuis l'époque tertiaire sous l'effet des forces naturelles. Les changements de régime, marin ou lacustre, ne se sont pas fait brusquement, mais ils ont demandé, au contraire, des périodes de temps considérables, dont nos sens ne peuvent même concevoir la durée, car c'est par milliers de siècles qu'il faut compter les âges de notre planète.

La période de tranquillité actuelle n'est que relative, car les mêmes forces qui ont présidé aux modifications géologiques que nous venons d'étudier se continuent de nos jours sans relâche. Les forces naturelles poursuivent leurs effets de destruction sur les rivages des mers, sur les bords des fleuves et des lacs, à la surface des continents, en même temps que se forment au fond des eaux de nouveaux dépôts sédimentaires.

De nos jours, sous l'effet des pluies et des vents, les collines sableuses de Fontainebleau continuent à se dénuder dans leurs parties supérieures, et les sables tendent à combler les vallées; de même les rivières et le fleuve déposent sans cesse dans leur lit ou sur leurs rives des matériaux arrachés dans leur cours supérieur; les eaux de ruissellement ravinent, les vents dispersent les éléments les plus meubles; une tourbière est en formation dans les prés d'Arbonne; les sources continuent à déverser dans les rivières les sels solubles qu'elles ont dissous en traversant les terrains, sels dont les dépôts formeront de nouveaux sédiments.

Les espèces animales et végétales elles mêmes disparaissent ou se modifient en cherchant à s'adapter aux conditions des milieux; les races humaines les plus résistantes se perfectionnent dans leurs organes, tandis que les plus faibles s'éteignent lentement.

Ainsi donc toutes les forces naturelles, qu'on les observe dans leurs plus petites causes comme dans leurs plus grands effets, nous montrent, à nous témoins d'un instant, que l'évolution est éternelle et qu'elle tend vers un perpétuel devenir.

CHAPITRE TROISIEME

PROPRIÉTÉS PHYSIQUES ET CHIMIQUES DU SOL

La terre végétale que l'on cultive peut avoir eu deux modes différents de formation : ou bien, et c'est le cas le plus général, elle est le résultat de la décomposition et de la désagrégation de la roche sous-jacente, ou bien, comme les terres d'Alluvions, d'Eboulis et de Limons, elle est formée directement par un apport de sédiments arrachés à des terrains préexistants et transportés par les eaux. Dans le premier cas, la terre végétale a plus ou moins d'épaisseur selon que la roche sous-jacente est plus ou moins décomposable.

Les éléments constitutifs du sol : argile, sable, calcaire et humus, selon leur proportion relative, influent considérablement sur les propriétés physiques de la terre; il est donc tout d'abord utile de connaître leurs propriétés spécifiques.

Argile. — Nous savons que l'argile, résidu de la décomposition des roches feldspathiques, est un silicate d'albumine hydraté. Lorsque l'argile est pure, elle est blanche et constitue le kaolin, employé pour la fabrication de la porcelaine; le plus souvent elle est colorée par des oxydes de fer et de manganèse. L'argile forme avec l'eau une pâte liante, qui se durcit et se crevasse en se desséchant. Elle est avide d'eau et happe à la langue. L'argile jouit d'une propriété particulière qui a une grande importance. Lorsqu'on délaye dans un vase de l'argile pure avec de l'eau ordinaire, elle se dépose au fond au bout de quelque temps, tandis qu'avec de l'eau distillée ou de l'eau de pluie, elle restera indéfiniment en suspension. Ce sont les sels dissous dans l'eau ordinaire (sels de chaux, de magnésie, etc.) qui sont les agents de la clarification.

Cette propriété, comme nous le disions, a une grande importance pour les sols. En effet l'argile colle les éléments pulvérulents et leur permet ainsi de résister à l'action du vent ; elle donne à la terre une certaine ténacité indispensable pour la bonne végétation des plantes. Mais cette cohésion, si elle persistait, serait nuisible en empêchant l'air et l'eau chargée de principes fertilisants de circuler dans le sol ; elle est détruite momentanément par l'eau de pluie. Mais celle-ci, en circulant, se charge de principes minéraux, qui reproduisent la cohésion Une autre conséquence importante est la pureté des eaux potables. Les eaux de la Seine, qui contiennent suffisamment de sels calcaires se clarifient rapidement, tandis que les eaux de la Loire et de la Garonne restent troubles.

Les propriétés caractéristiques de l'argile sont l'imperméabilité, la cohésion, la faculté d'imbibition, le retrait et le pouvoir absorbant vis-à-vis de certains principes fertilisants.

Sable. — Les sables plus ou moins grossiers sont formés des débris minéraux de toutes roches. Dans nos régions, ils sont le plus souvent constitués par des grains de quartz arrachés aux roches granitiques, et, dans ce cas, mélangés de paillettes de mica.

On distingue dans l'analyse physique des terres le sable grossier et le sable fin. Cette distinction, dont les limites sont conventionnelles, a néanmoins un intérêt pratique, car les propriétés physiques des deux sables sont assez différentes.

Le sable grossier est un élément de division, par conséquent, de légèreté, de perméabilité et d'aération.

Le sable fin, pouvant se glisser entre les particules de terre, est un élément de tassement, par conséquent, de compacité, d'imperméabilité et d'asphyxie.

Les proportions de ces deux sortes de sable, dans une terre, déterminent des qualités souvent différentes, qui se traduisent par le défaut ou l'excès des qualités propres à chacun d'eux.

Le sable grossier, en excès, peut donner aux terres un excès de légèreté, au point de les rendre mobiles; dès lors leur faculté d'imbibition et leur pouvoir capillaire sont très réduits. Le sable fin en excès, dans les terres où la proportion d'argile est insuffisante, forme à la surface, principalement après les pluies, une véritable croûte continue, qui empêche l'air et l'eau de pénétrer dans le sol. Ces terres qui s'éboulent ainsi sous l'action des pluies sont appelées *terres battantes*. Une certaine proportion d'argile, en agglutinant les grains de sable fin, donne plus de cohésion aux terres, de telle sorte que les effets des labours sont plus persistants.

Les sables n'ont ni retrait, ni pouvoir absorbant.

Calcaire. — Le calcaire ou carbonate de chaux est rarement pur ; il est le plus souvent mélangé d'argile et coloré par de l'oxyde de fer. Le rôle du calcaire est surtout chimique, néanmoins son apport modifie les propriétés du sol, en diminuant sa compacité et en augmentant sa perméabilité, principalement dans les terres argileuses. Nous devons tenir compte de son état de division ; les pierres, les cailloux ne jouent qu'un rôle secondaire.

Humus. — C'est le résidu des matières organiques à divers états de décomposition. C'est un mélange complexe de matières organiques, de composés ternaires et de matières minérales.

« L'Humus a une propriété précieuse qu'il communique au sol, c'est de pouvoir retenir, en vertu d'une faculté absorbante qui lui est propre, quelques-uns des éléments fertilisants les plus utiles, tels que l'ammoniaque, la potasse, etc.; il empêche ainsi ces principes d'être enlevés par les eaux et perdus pour la végétation. Ce sont surtout les bases sur lesquelles il exerce cette action si favorable.

« Les qualités physiques qu'il communique à la terre sont plus importantes peut-être que ses propriétés chimiques ; c'est principalement à l'humus que la terre végétale doit cet ameublissement qui est si favorable au développement des plantes. Son apport dans un sol qui en manque modifie complètement la nature de celui-ci et la modifie toujours dans un sens favorable, quelle que soit la terre sur laquelle on opère ; c'est ainsi qu'il donne du corps aux terres trop légères et qu'il ameublit les terres fortes.

Par la coloration qu'il communique au sol, il rend celui-ci plus apte à absorber les radiations calorifiques du soleil, ce qui est une propriété utile, surtout dans les climats tempérés.

« Le terreau est donc un élément précieux, indispensable même pour la fertilité des sols ; il faut se garder de le laisser disparaître, ce qui peut arriver par l'emploi exclusif des engrais chimiques. Un sol qui ne recevrait pour fumure que des éléments minéraux, sans adjonction de matières organiques, telles que fumiers, engrais verts, etc., ne tarderait pas à perdre ses qualités. (*Les Engrais*, par Müntz et Girard).

PROPRIÉTÉS PHYSIQUES DES TERRES

Les terres jouissent d'un certain nombre de propriétés physiques dont le défaut ou l'excès peuvent diminuer sensiblement la valeur des terres. Par des pratiques culturales et des cultures appropriées on peut arriver dans une certaine mesure à les modifier dans un sens favorable. Etudions-les successivement.

La *Compacité* d'une terre est la résistance qu'elle oppose à tout corps solide qui tend à séparer ses particules, par exemple, le soc d'une charrue, les racines d'une plante, etc. Les terres sont dites fortes ou légères suivant qu'elles sont plus ou moins compactes.

La compacité résulte du rapprochement et de la cohésion des particules de terre.

La *Perméabilité* est la propriété qu'ont les terres de se laisser traverser par les corps fluides, liquides ou gaz. Quand une terre est imperméable, l'eau séjourne à sa surface et l'air ne pénètre pas dans sa profondeur. L'imperméabilité résulte soit de la contiguïté, soit de la continuité des particules de terre; dans le premier cas, parce que les intervalles entre les éléments de la terre sont trop petits (proportion trop élevée de sable fin, terres battantes), dans le second, parce que ces intervalles sont réunis entre eux par une matière collante, argile ou humus. En général, plus une terre est argileuse, plus elle est compacte et imperméable.

La *Faculté d'imbibition* est le pouvoir qu'ont les terres de retenir plus ou moins bien l'eau des pluies et des rosées. L'argile et surtout l'humus sont les deux éléments qui retiennent l'eau avec le plus d'énergie.

La vapeur d'eau contenue dans l'atmosphère peut être absorbée plus ou moins par les éléments de la terre, mais toujours en faible quantité. Cette *Hygroscopicité* des sols est en rapport avec la proportion d'humus qu'ils renferment,

La chaleur solaire fait perdre par évaporation une notable proportion de l'eau retenue par les terres. La rapidité avec laquelle une terre se dessèche, ainsi que la quantité d'eau définitivement retenue, c'est-à-dire qui ne peut plus se perdre par évaporation spontanée, dépendent de la nature de ses éléments. Voici, à ce sujet, des résultats intéressants obtenus par M. Mazure.

	Temps nécessaire aux divers éléments pour cesser de perdre de l'eau par évaporation spontanée	Hauteur d'eau évaporée en millimètres	Quantité d'eau que retiennent encore les éléments qui ne perdent plus rien par évaporation spontanée
Sable . . .	3 jours	3,7	2,1
Calcaire. .	7 —	3,5	3,6
Argile. . .	7 —	4,3	7,0
Humus . .	3 —	4,5	41,0

Néanmoins les racines des plantes pourront encore absorber une certaine partie de cette eau retenue par la terre et ainsi soustraite à l'évaporation. D'après le tableau précédent, les quantités d'eau définitivement retenues seront proportionnellement plus élevées dans les terres humeuses et argileuses. Dans différents éléments M. Sachs cultiva des tabacs ; après qu'ils se furent desséchés, il trouva encore 12,3 °/₀ et 8,0 °/₀ d'eau dans l'humus et l'argile, tandis que le sable n'en contenait plus que 1,5 °/₀.

Par *Capillarité* l'eau peut monter à une certaine hauteur dans les tubes très fins. Il en est ainsi dans les petits canaux formés entre les particules de la terre. L'eau, appelée par évaporation. peut ainsi remonter des couches profondes du sol et même du sous-sol à la surface pour se mettre à la disposition des racines. Elle peut également se répandre et circuler dans toutes les directions pour porter aux racines les solutions nutritives prises çà et là. Les terres à éléments fins, *continues*, c'est-à-dire sans vides ni fissures, sont celles qui ont le plus de capillarité.

Sous l'action de la sécheresse, les terres se contractent plus ou moins ; elles subissent un *Retrait*, et il se forme des crevasses. Le sable ne subit aucun retrait, tandis que l'argile y est plus sujette. Quelquefois ce retrait peut déchausser les plantes et briser leurs racines.

La *Capacité calorifique* des différents sols, c'est-à-dire la facilité avec laquelle ils s'échauffent, dépend principalement de leur faculté d'imbibition. Plus une terre contiendra d'eau, plus elle sera longue à s'échauffer ; c'est ainsi que les terres argileuses qui retiennent des quantités d'eau notables sont appelées terres froides, en opposition aux terres sablonneuses qui sont qualifiées de terres chaudes. La couleur foncée des sols, l'exposition du midi et une inclinaison convenable augmentent la capacité calorifique des terres.

Les propriétés physiques du sous-sol augmentent ou neutralisent les défauts et les qualités de la terre arable, suivant qu'elles sont comparables ou opposées aux propriétés du sol. C'est ainsi qu'un sous-sol argileux augmentera l'humidité naturelle d'une terre déjà imperméable, tandis qu'il sera avantageux aux sols sableux trop facilement perméables, etc.

Le sous-sol, par les réserves qu'il peut contenir, sert de régulateur d'humidité. Au moment des sécheresses, l'eau du sous-sol remonte par capillarité à portée des racines et permet à la plante de résister plus longtemps. Mais, pour que le sous-sol puisse recevoir et retenir les eaux d'infiltration, il faut qu'il soit suffisamment ameubli. C'est une des raisons qui ont amené les Cultivateurs à faire suivre la charrue ordinaire d'une fouilleuse, qui a l'avantage de ne pas retourner le sous-sol, et par conséquent de ne pas le mélanger aux couches supérieures enrichies par les fumures.

Les propriétés physiques d'une terre expliquent les façons culturales qu'on est obligé de lui donner à propos.

Tout d'abord le déchaumage, qui a pour but de détruire la croûte superficielle durcie par les sécheresses de l'été. Sans lui les pluies de l'automne couleraient à la surface sans pénétrer. Lorsque les pluies ont suffisamment ameubli le sol, on donne le labour principal. Celui-ci retourne la terre, en expose à l'air la plus grande surface, et facilite la pénétration des eaux de pluie dans les couches profondes. Mais la faculté d'imbibition d'une terre est en rapport avec la finesse de ses particules, aussi, on fait suivre le labour de hersages, qui ont pour but de briser et d'émietter les mottes formées par le versoir de la charrue. Dans cet état de finesse la terre pourra absorber pendant l'automne et l'hiver la plus grande quantité d'eau, que la nature et la proportion de ses éléments lui permettent de retenir.

Les premières sécheresses du printemps sont à craindre pour les jeunes plantes ; il faut faire remonter l'eau des couches inférieures pour les mettre à portée des racines. A ce moment les terres sont encore creuses ; par suite du retrait, qui est à craindre, principalement dans les sols argileux, les racines pourraient se déchausser et même se briser ; mais, en outre, les phénomènes capillaires, qui, seuls, peuvent faire remonter l'eau aux couches superficielles ne peuvent se produire, puisque les terres ne sont pas « continues ». Pour ces raisons il est nécessaire de tasser le sol au moyen de roulages. Au printemps, nous pouvons appeler l'eau des couches inférieures à la surface parce que nous avons l'espoir de quelques pluies et que nous savons qu'il existe encore dans le sous-sol une réserve d'humidité suffisante. Mais si nous laissions la terre dans cet état, l'ascension continuelle de l'eau pouvant se produire, l'évaporation intense des premières chaleurs ne tarderait pas à dessécher complètement le sol et le sous-sol, et les plantes souffriraient de la sécheresse. Il faut donc empêcher cette ascension continuelle de l'eau de se produire ; on y arrive par des hersages légers et des binages fréquents qui détruisent la continuité de la surface du sol, et empêchent ainsi les phénomènes capillaires de produire leur effet jusqu'à la surface d'évaporation. On peut ainsi garder dans les couches profondes, où les racines pourront elles-mêmes descendre, la réserve d'humidité nécessaire à la végétation.

Une expérience facile reproduit exactement les phénomènes capillaires qui se passent dans la terre. Dans une assiette contenant un peu d'eau rougie ou mieux du cognac, plaçons debout un morceau de sucre ; grâce aux petits canaux qui existent entre les grains de sucre, l'eau de l'assiette monte petit à petit et gagne bientôt le sommet. Si, pour une cause quelconque, la partie supérieure vient à se dessécher, l'eau évaporée est remplacée immédiatement par l'eau des couches inférieures et, si le morceau de sucre ne fondait pas, toute l'eau contenue dans l'assiette (réserve du sous-sol) pourrait ainsi disparaître. Le roulage, en tassant les sols, produit les mêmes effets. Maintenant, mettons un peu de sucre en poudre sur un autre morceau de sucre et plaçons-le de même dans l'assiette ; l'eau, toujours par capillarité, monte petit à petit, mais s'arrête au sucre en poudre qu'elle ne peut traverser, car dans le sucre en poudre comme dans la couche superficielle du sol, brisée et émiettée par les hersages ou les binages, il n'existe plus de continuité et, par conséquent, de petits canaux capillaires. L'eau du morceau de sucre (humidité du sol) et l'eau de l'assiette (réserve du sous-sol) ne peuvent plus atteindre la surface d'évaporation ; par conséquent, comme le sucre en poudre, la couche superficielle brisée a pour effet d'empêcher le sol et le sous-sol de se dessécher.

En résumé, le déchaumage, les labours et les hersages ont, entre autres buts, de faire absorber à la terre végétale la plus grande quantité d'eau ; les roulages provoquent l'ascension de l'eau à la surface, et permettent ainsi aux jeunes plantes d'utiliser l'humidité des couches inférieures, tandis que les binages ou les hersages légers ont pour effet, en empêchant cette ascension jusqu'à la surface, de préserver l'eau d'une évaporation intense et de maintenir dans le sol une réserve importante d'humidité. Les époques de ces différents travaux varient suivant les climats et les propriétés de la terre que l'on cultive. Il est très important de les donner à propos. Nous en reparlerons dans l'étude agronomique des différents terrains.

PROPRIÉTÉS CHIMIQUES DES TERRES

Tandis que les propriétés physiques d'une terre déterminent sa qualité de support, ses propriétés chimiques déterminent la valeur de ses ressources naturelles en principes fertilisants.

Nous savons que les plantes ont besoin pour se développer de certains principes qu'elles empruntent aux milieux qui les entourent, et qu'elles assimilent par leurs feuilles ou par leurs racines. L'air leur apporte principalement le carbone et l'oxygène, l'eau leur fournit l'hydrogène ; enfin le sol met à leur disposition en plus ou moins grande quantité : l'azote, le chlore, le soufre, le phosphore, la silice, la potasse, la soude, la chaux, la magnésie, l'alumine, le fer, etc.

Mais dans quel état allons-nous rencontrer ces différents principes ? Quelles sont leurs propriétés respectives ? Quel sera leur degré d'assimilabilité ? Etudions tout d'abord les propriétés chimiques des éléments constitutifs du sol.

PROPRIÉTÉS CHIMIQUES DES ÉLÉMENTS CONSTITUTIFS DU SOL

Le sable et l'argile ne jouissent pour ainsi dire pas de propriétés chimiques ; ils fournissent simplement une partie de la silice et de la potasse. Il n'en est pas de même du calcaire et de l'humus.

Calcaire. — La présence du Calcaire est nécessaire, non seulement pour les besoins nutritifs des plantes, mais surtout par les réactions chimiques et physiologiques qu'il détermine, et qui influent considérablement sur la fertilité. « Bien des sols quoique assez riches pour pourvoir largement à l'alimentation des récoltes, resteraient presque stériles sans l'apport d'amendements calcaires. Ceux-ci agissent tantôt mécaniquement, en modifiant les propriétés physiques du sol, en diminuant sa compacité, en augmentant sa perméabilité ; tantôt chimiquement, en fournissant la base nécessaire aux doubles réactions des différents sols, et en facilitant l'absortion des principes minéraux ; tantôt physiologiquement, en permettant aux organismes microscopiques du sol d'accomplir leurs fonctions utiles. » (Les Engrais, par MM. Müntz et Girard)

La chaux se trouve dans les sols dans différentes combinaisons : bicarbonate, carbonate (calcaire), sulfate (plâtre), humate, silicate, phosphate, etc. Mais en général c'est sous forme de calcaire dérivé du silicate que la chaux existait dans la plupart des terres ; mais, par suite de son entraînement par les eaux à l'état de bicarbonate, et des réactions chimiques qui sont survenues par l'emploi des engrais, sa proportion a quelquefois considérablement diminuée. Dans ce cas, comme la présence du carbonate de chaux est indispensable dans les phénomènes de nitrification, de combustion et de double décomposition, l'apport d'amendements calcaires devient une nécessité, alors même que la proportion de chaux donnée par l'analyse semblerait suffisante pour les besoins nutritifs des plus fortes récoltes.

Humus. — Nous avons vu que la matière brune ou humus est un produit complexe, résultant de la transformation permanente des éléments organiques du sol.

« Les corps humiques sont composés de carbone, d'hydrogène, d'oxygène et d'azote en proportions variables et indéterminées. Les acides humiques sont combinés avec des bases telles que la chaux, la potasse, la soude, la magnésie, l'oxyde de fer et l'alumine. MM. Müntz et Ch. Girard, dans leur savant travail sur les « Engrais » s'expriment ainsi sur le rôle chimique de l'humus : « L'azote qu'il renferme se transforme graduellement en ammoniaque et surtout en nitrate, pouvant être utilisés par les plantes. Par sa combustion lente, il donne naissance à de l'acide carbonique qui peut servir d'aliment aux végétaux, et qui a le rôle plus important d'agir sur les éléments du sol dont il facilite la transformation et la solubilisation. De plus, il forme, suivant M. Grandeau, des combinaisons avec divers principes fertilisants, comme l'acide phosphorique, la potasse, etc., qu'il peut offrir aux plantes à un état plus assimilable. M. Risler a montré depuis longtemps que l'humus a une action dissolvante vis-à-vis des feldspaths et des phosphates. »

PROPRIÉTÉS CHIMIQUES DES PRINCIPES FERTILISANTS

Azote. — *Origine et sources de l'Azote des sols*. — Nous connaissons l'origine de l'argile, du sable, du calcaire et de la plupart des principes minéraux, que nous savons contenus primitivement dans les roches éruptives. Ces roches ne renferment aucunes traces d'azote ; il faut donc que pour cet élément nous cherchions une autre source.

Primitivement, tout l'azote, que nous rencontrons actuellement à l'état nitrique, ammoniacal ou en combinaison organique, était répandu dans l'atmosphère à l'état gazeux. Soit qu'il ait été absorbé directement par les premiers végétaux ou après avoir été fixé dans les sols, soit que les décharges et les effluves électriques l'aient combiné à l'oxygène, en donnant ainsi naissance à de l'azote nitrique, toujours est-il que ces premiers végétaux s'en emparèrent et le transformèrent en azote organique. Après leur mort, cet azote organique se nitrifia de nouveau, et put ainsi servir à l'alimentation des nouvelles plantes. Le stock d'azote que nous rencontrons dans les sols non cultivés n'est donc que le gain résultant des siècles antérieurs de végétation.

Formes de l'azote dans les sols. — L'analyse des terres nous révèle la présence de l'azote sous trois états différents : azote organique, azote ammoniacal et azote nitrique. L'azote organique forme la majeure partie de l'azote total et constitue le stock de réserve. Les deux derniers états ne forment que 2 à 3 % de l'azote total, encore cette faible proportion varie-t-elle selon l'époque considérée. Or l'azote organique ne peut être assimimilé directement par les plantes ; auparavant, il doit subir, sous certaines influences chimiques et microbiologiques, des décompositions, des transformations, qui l'amèneront graduellement à l'état intermédiaire d'azote ammoniacal et finalement à l'état d'azote nitrique. Ce phénomène de la *Nitrification* ne se produit que dans certaines conditions : 1° La présence d'une matière azotée organique ou ammoniacale est évidemment nécessaire ; 2° La présence de l'oxygène, agent nitrificateur ; 3° Légère alcalinité du sol (présence du calcaire) ; 4° Humidité de la matière ; 5° Température comprise entre certaines limites (minimum 5°, optimum 37°, maximum 55° C.) ; 6° Concours de microbes spéciaux.

L'azote nitrique ainsi formé doit se combiner nécessairement avec une base du sol, généralement la chaux du carbonate, pour former des nitrates qui peuvent être directement assimilés par les racines des plantes. L'ammoniaque peut être également assimilée directement par les plantes (terres acides), mais dans tous les sols qui nitrifient, elle est transformée en azote nitrique et en nitrates. En définitive, sauf dans les terres acides, c'est sous forme de nitrates que les plantes assimilent l'azote.

Acide phosphorique et Potasse. — Ces deux principes se trouvent dans les sols en quantités variables et dans des combinaisons très différentes. Certaines, en très faible proportion, sont solubles dans l'eau, d'autres peuvent être solubilisées, au fur et à mesure des besoins des plantes, par le suc acide des racines, tandis que la plus grande partie ne cède qu'aux acides les plus énergiques.

Leur valeur agricole est donc très différente et l'analyse devra tout au moins séparer les combinaisons inutiles de celles qui peuvent intervenir plus ou moins dans la nutrition des plantes. L'acide phosphorique est en général combiné avec l'oxyde de fer, l'alumine et la chaux ; nous avons vu que l'humus intervient dans ces combinaisons en donnant à l'acide phosphorique de nouvelles propriétés qui facilitent son assimilation par les plantes.

La potasse provient généralement des roches éruptives et volcaniques dans lesquelles on la rencontre à l'état de silicates doubles absolument inattaquables par les racines. Par suite des désagrégations successives et de la décomposition de ces roches, et grâce à la présence de la chaux qui peut déplacer la potasse de ses combinaisons, celle-ci peut se rencontrer maintenant sous des formes plus assimilables, qui peuvent être utilisées par les plantes. Nous devons retenir que la présence du calcaire a une action manifeste sur l'assimilation de la potasse.

L'acide phosphorique et la potasse sont suffisamment retenus par le pouvoir absorbant de la terre.

Magnésie, Acide sulfurique, etc. — La magnésie et l'acide sulfurique entrent nécessairement dans la composition des végétaux, mais, jusqu'ici, nous ne pouvons rien dire de précis à leur sujet. Il est par conséquent nécessaire de résoudre ces questions par l'expérimentation pratique.

Les autres éléments dont nous avons parlé sont en proportion suffisante dans les sols ou bien n'ont aucune influence marquée sur la végétation.

POUVOIR ABSORBANT

Les terres arables, comme certains corps poreux, ont la propriété de retenir certains principes avec lesquels elles sont mélangées. Tout le monde connait les propriétés décolorantes du noir animal. En 1848, M. Huxtable filtra du purin sur de la terre arable ; il recueillit un liquide presque incolore et ayant perdu toute odeur. Les eaux du tout à l'égout de Paris, répandues sur les terres en sortent absolument limpides et débarrassées de toute odeur fétide. Par des expériences, MM. Thompson, Way et Brustlein ont démontré que l'ammoniaque et la potasse étaient énergiquement retenues par la terre, à condition d'être en solution étendue et de rencontrer dans le sol du calcaire, qui puisse leur permettre de se transformer en carbonate d'ammoniaque et en carbonate de potasse. Vœlker a également démontré que le phosphate de chaux, dans les mêmes conditions, ne pouvait être entraîné par les eaux d'infiltration.

Cependant les diverses natures de terre ont un pouvoir absorbant plus ou moins énergique. Avec les terres un peu argileuses, calcaires et contenant une proportion suffisante d'humus, les cultivateurs n'ont rien à craindre ; il n'en est plus de même avec les terres sableuses, peu humeuses et surtout ne contenant qu'une proportion insuffisante de calcaire. Dans ce cas, il peut y avoir des déperditions sensibles, principalement en potasse.

Les nitrates ne sont malheureusement pas absorbés par la terre arable ; principalement pendant l'automne et l'hiver les eaux d'infiltration font disparaître dans le sous-sol des quantités importantes d'azote nitrique, que les Cultivateurs sont obligés de remplacer pour maintenir leur richesse foncière en azote. Nous venons de voir que les sels ammoniacaux sont retenus par la terre, mais nous savons également que la nitrification transforme plus ou moins rapidement l'ammoniaque en azote nitrique qui n'est pas retenu. Aussi, lorsque nous donnons des quantités relativement élevées de fumier ou de sulfate d'ammoniaque au blé d'hiver, l'efficacité de ces apports pour toute la végétation est liée à la condition que la température de l'automne soit en moyenne suffisamment basse pour empêcher la nitrification de se produire avec intensité, car tout l'azote nitrifié disparaîtra pendant l'hiver.

Le calcaire n'est pas retenu par le pouvoir absorbant de la terre, et les déperditions, par suite des doubles décompositions résultant de l'apport des engrais, sont souvent considérables et peuvent dépasser 500 kil. par hectare et par an. Dans les sols qui sont déjà pauvres en cet élément c'est une perte qui devient de plus en plus sensible et qu'il faut à tout prix réparer. L'argile, mais principalement l'humus, sont les deux éléments qui communiquent aux terres leur pouvoir absorbant.

DEUXIÈME PARTIE

NUTRITION VÉGÉTALE

PREMIER CHAPITRE

COMPOSITION DES PLANTES

ORIGINES ET ASSIMILATION DES PRINCIPES NUTRITIFS

L'analyse des végétaux nous révèle que les plantes sont composées de carbone, d'hydrogène, d'oxygène, d'azote, de petites quantités de soufre, de phosphore et de matières minérales.

Les substances organiques, qui disparaissent par l'incinération, sont dans la proportion de 90 à 95 % du poids total de la plante, tandis que les éléments minéraux, qui subsistent dans les cendres, sont en proportion beaucoup plus faibles, 5 à 10 %.

Les substances organiques ternaires, c'est-à-dire composées de carbone, d'hydrogène et d'oxygène, constituent les matières sucrées (sucre de canne, de betterave, de raisin, etc.), les gommes, les matières amylacées (fécule, amidon, etc.), les celluloses qui forment les parois des cellules, les matières grasses (huiles de lin, d'olive, de colza, etc.), les tannins, les acides végétaux : acide oxalique (oseille), acide tartrique (raisin), acide citrique (citron), etc., les résines, les essences, etc.

Les substances quaternaires, composées de carbone, d'hydrogène, d'oxygène et d'azote, constituent les alcaloïdes (nicotine, morphine, quinine, etc.), les corps amidés (asparagine des pousses d'asperge, etc.), les albuminoïdes (albumine et caséine végétales, gluten, etc.).

Quelles sont les sources de ces principes immédiats des matières végétales ?

Ce n'est que vers le milieu du XIX° siècle que nous commençons à connaître les sources véritables des éléments nutritifs des plantes. Auparavant, il était admis que les végétaux puisent exclusivement dans le sol, et particulièrement dans l'humus et dans les fumiers, les principes immédiats qui servent à l'élaboration de leurs tissus. On croyait qu'il était nécessaire qu'une matière ait vécu pour qu'elle puisse devenir fertilisante et contribuer au développement et à la vie des plantes et des animaux. On admettait même que les composés salins contenus dans le terreau et dans le fumier, que l'on retrouvait cependant dans les cendres des végétaux, ne jouaient qu'un rôle accidentel. Par conséquent, on était encore loin de songer aux engrais!

Cependant, en 1772, le célèbre physicien anglais Priestley montra que les parties vertes des plantes émettaient de l'oxygène, et que le tort, disait-il, que font continuellement à l'air la respiration d'un si grand nombre d'animaux et la putréfaction de tant de masses de matières végétales et animales, est réparé, du moins en partie, par la création végétale.

En 1782, Senebier prouvait que l'action chlorophyllienne était accompagnée d'une absorption de carbone emprunté à l'acide carbonique et suivie d'une émission d'oxygène. C'est seulement en 1840 que l'on doit à Liébig d'avoir réuni les faits précédemment constatés en une théorie précise : *Les composés inorganiques sont les matériaux exclusifs de l'alimentation des végétaux.* Ayant constaté la quantité relativement énorme d'azote organique contenu dans les sols comparée aux exigences des cultures, il généralisait sa théorie en refusant à l'azote organique du fumier la possibilité de contribuer à l'alimentation azotée des plantes. Boussaingault, Lawes et Gilbert démontrèrent facilement la fausseté de cette dernière assertion ; cependant nous devons nous rappeler que l'azote organique, qu'il provienne du fumier ou de l'humus, ne peut être assimilé directement par les plantes et qu'il doit subir auparavant, du fait de la nitrification, une véritable minéralisation.

Par l'énumération des substances qui entrent dans la composition des plantes, nous voyons que les végétaux doivent puiser dans les milieux qui les entourent les principes immédiats qui leur sont nécessaires pour vivre, pour se développer et pour élaborer leurs matières de réserve. Ces principes immédiats (carbone, oxygène, hydrogène, azote, principes minéraux, etc.) sont assimilés les uns par les feuilles, les autres par les racines.

La principale source du carbone est dans l'atmosphère, à l'état d'acide carbonique, qui, comme nous le savons, est une combinaison de carbone et d'oxygène. Cet acide carbonique est principalement absorbé par les feuilles des plantes. Sous l'influence des rayons solaires la chlorophylle, substance verte des végétaux, sépare le carbone et l'oxygène et fixe le carbone en le faisant entrer dans différentes combinaisons, qui donnent finalement naissance à de l'amidon, qui pourra servir d'aliment interne ou ira s'accumuler en réserve dans les graines, dans les tubercules, etc.

Les végétaux ont une propriété inverse de la fonction chlorophyllienne, en vertu de laquelle ils absorbent l'oxygène et émettent de l'acide carbonique. C'est le phénomène de la respiration, nécessaire aussi bien à la vie des plantes qu'à celle des animaux. Toutes les parties vertes et non vertes des plantes respirent, le jour comme la nuit, et toutes, même les racines, ont besoin d'oxygène gazeux. L'oxygène est absorbé à l'état gazeux, en dissolution dans l'eau et en combinaison dans certains sels oxygénés.

L'azote est absorbé par les racines, soit à l'état de nitrate, soit en combinaison ammoniacale, soit, mais dans ce cas en faible proportion, combiné dans des matières organiques dialysables. Nous savons que les plantes de la famille des *Légumineuses* et quelques végétaux inférieurs ont seuls la propriété d'assimiler l'azote gazeux atmosphérique sous l'influence de microbes particuliers. Les feuilles peuvent absorber, mais en faible quantité, l'ammoniaque contenue dans l'atmosphère.

Boussaingault a reconnu aux végétaux la faculté d'emprunter leur hydrogène à l'eau. Mais tandis que l'absorption de l'oxygène est indépendante de la fonction chlorophyllienne, l'assimilation de l'hydrogène est corrélative de celle du carbone. L'eau ne peut être décomposée qu'autant que l'hydrogène est appelé à se combiner au carbone et à l'oxygène pour former une nouvelle combinaison : sucres ou amidon.

L'analyse nous révèle que les cendres des végétaux se composent en proportion variable d'un certain nombre de minéraux, dont quelques-uns se retrouvent constamment, quel que soit le végétal analysé. Ainsi le soufre, le phosphore, la potasse, la chaux, la magnésie, le fer, sont nécessaires à la vie des plantes ; le chlore, l'acide carbonique, la silice, la soude et le manganèse se rencontrent le plus fréquemment.

Chaque espèce a une avidité spéciale pour chaque principe et l'absorbe en raison de cette avidité, surtout lorsque le sol en contient largement. C'est ainsi que les betteraves et les pommes de terre, qui sont avides de potasse, peuvent en absorber de grandes quantités sans en avoir essentiellement besoin ; de même les tabacs qui peuvent en contenir de 0,2 à 5,0 %.

Les différents principes minéraux nécessaires ou utiles à la vie des plantes se rencontrent dans les sols en quantités plus ou moins grandes, et dans des combinaisons plus ou moins assimilables. Comment les plantes vont-elles pouvoir s'emparer de quantités relativement aussi faibles (au maximum 2 à 3 pour 1.000 du poids de la terre) et, de plus, disséminées dans toute l'étendue de la couche végétale ?

Tout d'abord par leur système radiculaire, souvent très développé, chaque plante embrasse un volume de terre relativement considérable ; de plus, les eaux qui circulent dans le sol tiennent en dissolution les sels nutritifs et les mettent ainsi à portée des racines. Les jeunes plantes qui viennent de germer ont besoin de trouver à leur portée les principes nécessaires à leur développement. C'est pour cela que certains sols du Canton qui sont principalement à la surface dépourvus de calcaire, ne peuvent donner de levées régulières. Dans les terres sèches les plantes ne peuvent assimiler que les principes qui sont en contact immédiat avec leurs racines ; aussi leur végétation est-elle languissante non seulement par manque d'eau, mais aussi par insuffisance d'éléments nutritifs.

Les sels minéraux en dissolution pénètrent par diffusion dans les poils radicaux des racines. La sève s'en empare et les charrie dans le végétal, là où leur présence est nécessaire, pour constituer de nouveaux organes ou pour former des matières de réserve.

Lorsque la solution nutritive du sol s'appauvrit en un élément quelconque, azote, acide phosphorique, potasse ou chaux, etc., celui-ci ne peut plus être absorbé par la plante et à partir de ce moment la plante souffre et végète mal, alors même que tous les autres sels nutritifs sont en quantités largement suffisantes. C'est pour cela que si nous négligions de donner un des engrais indispensables, tous les autres seraient en partie donnés en pure perte, et même, s'ils sont abondants, pourraient nuire au développement de la plante (verse des céréales, diminution du sucre dans les betteraves, etc.). Il est donc de la plus haute importance de donner aux plantes, en quantités rationnelles, tous les principes nutritifs dont elles ont besoin, et que l'analyse nous fait supposer en quantité insuffisante dans le sol.

CHAPITRE DEUXIÈME

EXIGENCES DES PRINCIPALES CULTURES

EN ÉLÉMENTS FERTILISANTS

Nous avons indiqué dans le chapitre précédent quels sont les principes qui entrent nécessairement dans la composition des plantes, et que celles-ci doivent par conséquent trouver, selon leurs besoins, dans les milieux qui les entourent. Nous essayerons maintenant de déterminer les besoins ou les exigences des principales cultures en éléments fertilisants, c'est-à-dire : « d'une part, les quantités totales d'éléments fertilisants absorbés par les récoltes, dans leurs parties aériennes et souterraines, puis d'autre part la marche que suit cette absorption des principes nutritifs aux diverses phases de la végétation, et des aptitudes relatives que présentent les plantes, qui nous intéressent, à l'utilisaion des ressources que le sol met à leur disposition. »

Dans un autre chapitre nous déterminerons les ressources naturelles des différents sols. Dès lors, nous posséderons les éléments pour juger avec une approximation suffisante, si le sol considéré peut satisfaire les exigences des récoltes en azote, acides phosphorique, chaux et potasse, etc., ou s'il y a nécessité ou avantage à compléter ses ressources naturelles par l'apport raisonné d'un ou de plusieurs engrais.

Tout d'abord nous savons que les plantes sont formées : 1° de substances organiques, qui disparaissent par l'incinération, dans la proportion de 90 à 95 % ; 2° d'éléments minéraux, qui subsistent dans les cendres, mais en proportion beaucoup plus faible, 5 à 10 %. Les substances organiques ternaires qui constituent les matières sucrées, les gommes, les matières amylacées, les celluloses, etc., sont composées de carbone, d'hydrogène et d'oxygène ; les substances organiques quaternaires : alcaloïdes, albuminoïdes, caséines, etc., contiennent en plus de l'azote.

Malgré l'importance des matières organiques, nous n'avons pas à nous préoccuper des trois premiers éléments qui les composent. Le carbone, l'hydrogène et l'oxygène se trouvent en abondance, et nous savons comment les plantes se les assimilent. Il n'en est plus de même de l'azote, malgré qu'il soit contenu en forte proportion dans l'atmosphère, car, sous cette forme, il ne peut être utilisé directement que par les plantes de la famille des Légumineuses et par quelques végétaux inférieurs. Aussi, pour les autres plantes ce sera l'azote organique contenu dans le sol qui, après transformation préalable en ammoniaque et azote nitrique, devra satisfaire en grande partie les exigences des plantes en cet élément.

Nous savons également que les principes minéraux sont fournis par le sol en plus ou moins grandes quantités, selon la richesse du terrain, et selon que ces principes se trouvent à un état plus ou moins assimilable.

Etant donnée la faible proportion des principes minéraux qui entrent dans la composition des plantes, il peut sembler étonnant qu'une récolte puisse se ressentir notablement de l'apport de quelques kilogrammes d'azote, d'acide phosphorique, etc., alors que le sol en contient comparativement de grandes quantités. Mais il ne faut pas oublier que ce complément est donné à propos et dans un état relativement très assimilable, et que c'est justement parce que ces principes minéraux sont nécessairement combinés en faible proportion qu'ils commandent à la formation de grandes quantités de matières végétales organiques ; et, d'après la loi du minimum, comme le rendement d'une récolte est toujours proportionnel à la quantité de la matière fertilisante qui existe dans le sol en plus petite quantité relativement aux autres éléments, nous pouvons nous expliquer maintenant l'efficacité des engrais.

Dès lors, nous comprenons quel intérêt nous avons à connaître le but que nous nous étions proposé au début de ce chapitre. M. Garola, professeur départemental d'agriculture, a été un des premiers qui ait compris l'importance pratique de telles études, et c'est dans son savant et précieux travail sur *Les Céréales* (1), que nous empruntons la plupart des renseignements relatifs à la composition et aux exigences culturales de ces plantes.

BLÉ D'HIVER

M. Garola a étudié sur le blé hybride Rimpau les diverses phases culturales de cette céréale. En pesant et analysant les racines, les tiges et les feuilles, les grains, aux différentes époques du tallage, de la floraison et de la maturité, il a pu déterminer les quantités de principes fertilisants absorbés par la végétation et, par suite, les exigences culturales du blé pendant chacune des périodes considérées. Son savant et laborieux travail a été largement récompensé par des constatations pratiques de haute importance, dont nous ne pouvons ici qu'indiquer les conclusions générales.

Connaissant la composition moyenne d'une plante entière aux diverses phases de sa végétation, nous pouvons calculer les quantités d'éléments nutritifs nécessaires au froment pour donner un rendement moyen à l'hectare de 30 hectolitres ou 24 quintaux de grains, en considérant chacune des périodes importantes de la végétation. Voici ces quantités :

	Tallage kil.	Floraison kil.	Maturité kil.
Matière sèche	177,8	5.338,0	7.669,0
Acide phosphorique	2,43	40,6	56,68
Potasse.	7,61	113,5	82,55
Chaux.	2,23	38,8	45,7
Azote	3,53	70,7	94,6

Ainsi une récolte de blé d'hiver de 30 hectolitres à l'hectare a besoin de tirer du sol les quantités totales suivantes de substances nutritives :

(1) *Les Céréales*, par C.-V. Garola, chez Firmin-Didot, éditeur, 56, rue Jacob, Paris.

	kil.
Azote.	94
Acide phosphorique.	57
Chaux	46
Potasse.	83

Si nous calculons : 1º les quantités laissées dans le sol avec les racines, les chaumes et les feuilles tombées pendant la végétation; 2º celles exportées par la paille et les grains, nous obtenons :

	Quantités laissées dans le sol. kil.	Quantités exportées par la paille et les grains. kil.
Azote.	18	76
Acide phosphorique. .	25	32
Chaux	30	16
Potasse.	43	40

« Mais il ne nous suffit pas de connaître les quantités totales d'éléments nutritifs nécessaires au blé d'hiver. Il est de la plus haute importance que nous sachions à quelles époques spéciales la plante éprouve le besoin le plus énergique de chacune des quatre substances que nous avons envisagées.

C'est seulement lorsque nous saurons si l'absorption des principes nutritifs est uniforme, ou si, au contraire, elle présente à certaines phases une intensité extraordinaire, que nous pourrons nous dire renseignés sur les besoins d'engrais de la plante. »

M. Garola a construit des courbes d'absorption pour chaque principe qui lui permettent de tirer les conclusions suivantes :

« Ce qui nous frappe tout d'abord, c'est que, tandis que de la levée à l'époque du tallage, la production de la matière organique et l'assimillation des principes nutritifs suivent une marche régulière peu rapide, du tallage à la floraison l'activité végétale est énorme. Du 9 avril (tallage) au 12 juin (floraison), soit un peu plus de deux mois, le blé qui occupe le sol pendant neuf mois a absorbé près de 69 0/0 de son azote et de son acide phosphorique, près de 81 0/0 de sa chaux, et de 94 0/0 de sa potasse. S'il a déjà tiré du sol toute la potasse qui lui est nécessaire, il continue encore, bien qu'avec une activité décroissante, à absorber les autres éléments de sa constitution.

A cette intensité de l'assimilation des substances fertilisantes correspond, ce nous semble, un besoin d'engrais indiscutable, car il parait difficile que la plante puisse tirer en si peu de temps des réserves du sol qui ne se désagrègent que lentement, une masse aussi élevée de matières alimentaires. »

« Plus la marche d'absorption sera rapide, plus aussi dans un sol donné il y aura nécessité de fumer fortement. Si au lieu d'être régulière, elle se localise en certaines périodes, il en résultera un besoin d'engrais d'autant plus fort que la période sera plus courte. »

« D'un autre côté la plante sera d'autant plus exigeante en engrais que l'absorption des éléments nutritifs marchera plus vite que la formation de la substance sèche. »

« M. Garola a constaté dans ses expériences que c'est la potasse et la chaux qui sont absorbées avec le plus d'avidité. Ce sont aussi des éléments indispensables à la réussite du froment. Leur abondance dans le sol est la condition primordiale de la bonne venue de cette plante. On ne peut cultiver de blé que dans les terres qui renferment du calcaire, ou dans celles qui ont été chaulées ou marnées. Le blé réussit beaucoup mieux dans les sols argileux constamment riches en potasse que dans les sables siliceux ou calcaires dépourvus de cette substance. »

« Dans les sols argilo-calcaires favorables au blé, le rendement dépend de l'acide phosphorique surtout, et ensuite de l'azote. »

BLÉ DE MARS

Nous empruntons au même auteur les conclusions et les résultats relatifs à la culture du blé de mars. L'expérience a porté sur le blé Chiddam de mars, D'après la composition moyenne d'une plante aux diverses phases de son évolution, on a pu calculer les quantités nécessaires à la production de 30 hectolitres de grains par hectare. Voici ces quantités :

	Tallage.	Floraison.	Maturité.
	kil.	kil.	kil.
Matière sèche. . . .	912,5	5.822.8	6.643 »
Azote	18,4	103,6	83,8
Acide phosphorique	9,6	44,6	55,3
Chaux.	10,6	46,5	31,9
Potasse	42,6	146,3	126,6

Donc une récolte de 30 hectolitres de blé de mars prélève les quantités suivantes de principes fertilisants Si, comme pour le blé d'hiver, nous calculons les quantités laissées dans le sol par les racines, les chaumes, etc., et celles exportées, par la paille et les grains nous obtenons :

	Quantités totales prélevées par la récolte.	Quantités laissées dans le sol.	Quantités exportées par les grains et la paille.
	kil.	kil.	kil.
Azote	104	25	79
Ac. phosphorique.	56	21	35
Chaux.	47	33	14
Potasse	146	101	45

Par conséquent chez le blé de mars, l'assimilation marche sensiblement plus vite que chez le blé d'hiver. Avant le tallage les besoins d'engrais sont plus grands. Pour les deux blés, la potasse et la chaux sont les éléments absorbés avec le plus d'avidité jusqu'à la floraison; le besoin d'azote se fait surtout sentir du tallage à la floraison et il est plus intense pour la céréale de printemps. Le besoin d'acide phosphorique atteint son maximum au moment du tallage dans les deux cas ; il est plus grand pour le blé de mars.

AVOINE

« L'opinion, encore beaucoup trop répandue dans nos campagnes, qui consiste à considérer l'avoine comme une récolte pouvant se passer de fumure, ne saurait trop être réfutée. Il ne suit pas de ce que l'avoine produit une récolte dans les sols où la plupart des plantes se refuseraient à en fournir, que cette céréale soit indifférente à un approvisionnement plus ou moins abondant de principes fertilisants. S'il est vrai que sur les terres appauvries, l'avoine est de toutes les céréales celle qui peut le mieux prospérer, il ne l'est pas moins que des terres riches naturellement ou largement fumées donnent des récoltes très supérieures à celles des sols pauvres. » (M. Grandeau, *Journal d'Agriculture pratique*).

Pour connaitre ses exigences, M. Garola a étudié en 1889 l'avoine noire de Chateaudun. Comme pour les autres céréales, voici les quantités de principes fertilisants nécessaires à une récolte de 40 hectolitres à l'hectare, ou 20 quintaux de grains, ainsi que les quantités exportées par les grains et la paille et celles laissées dans le sol par les racines, les chaumes et les feuilles.

	Quantités totales prélevées par la récolte kil.	Quantités laissées dans le sol kil.	Quantités exportées par les grains et la paille kil.
Azote.	101	51	50
Acide phosphorique. .	63	43	20
Chaux	31	17	14
Potasse.	103	62	41

Ces chiffres nous montrent que l'avoine est exigeante particulièrement en azote et en potasse.

L'aspect des courbes d'absorption de l'avoine nous indique que « cette plante peut absorber au jour le jour, pendant toute sa vie la chaux et l'acide phosphorique et qu'à aucune époque elle n'en éprouve un besoin extraordinaire, tandis que, au contraire, l'avoine a besoin de trouver avant l'épiage, dans le sol où elle végète, une proportion d'azote très rapidement assimilable. La potasse présente à la fin de la végétation une activité d'absorption plus grande qu'au début, »

SEIGLE

Le seigle, cultivé dans les régions plutôt sableuses, est quelquefois négligé sous le rapport des engrais; les récoltes ainsi obtenues sont souvent loin d'être rémunératrices. Si le seigle est moins exigeant en calcaire que le blé, par contre, il est plus sensible aux effets des fumures phosphatées, principalement dans les sols du canton pauvres en acide phosphorique.

Voici les quantités de principes fertilisants prélevés par une récolte de 30 hectolitres de seigle d'hiver, ainsi que les quantités laissées dans le sol et celles exportées par les grains et la paille :

	Quantités totales prélevées par la récolte kil.	Quantités laissées dans le sol kil.	Quantités exportées par les grains et la paille kil.
Azote	94	34	60
Acide phosphorique .	34	3	31
Chaux	55	35	20
Potasse	112	57	55

Ces chiffres bruts comparés aux quantités nécessaires à une récolte de froment, semblent contredire notre première assertion, relativement aux exigences du seigle en calcaire et en acide phosphorique. Mais les courbes de végétation obtenues par M. Garola confirment les conclusions suivantes vérifiées par la pratique :

1° Que dans sa période automnale le seigle a faim d'acide phosphorique ;

2° Qu'il a surtout faim d'azote dans le temps qui s'écoule depuis le tallage jusqu'à la fin de la floraison ;

3° Qu'il est moins exigeant sur la teneur du sol en calcaire ;

4° Qu'il exige moins de potasse que le blé de mars mais plus que le blé d'automne.

MAÏS

En 1892, M. Garola a cultivé le maïs quarantin. Il constate qu'une récolte de 40 hecto-litres de maïs à l'hectare exigerait les quantités suivantes de principes fertilisants :

Azote 68 kil., acide phosphorique 29.2 kil., chaux 28.7 k., et potasse 82.1 kil.

A égalité de rendement, les exigences totales du maïs sont beaucoup moins élevées chez la variété qui nous occupe que chez le froment et la plupart des autres céréales. C'est pour l'azote qu'il montre le plus d'avidité, puis pour la chaux et la potasse. L'acide phosphorique ne vient qu'en dernier lieu.

POMME DE TERRE

Une opinion très répandue, se basant sur ce fait que la pomme de terre se plaît dans les terrains sableux, généralement pauvres, laissait entendre que cette plante est peu exigeante, et qu'elle peut se contenter des ressources naturelles des sols. La pomme de terre possède en effet des propriétés qui lui permettent d'être cultivée dans des terrains plutôt pauvres, tout en donnant une certaine récolte, mais celle-ci est toujours très faible comparée aux rendements que l'on peut obtenir par l'emploi judicieux d'une fumure riche.

M. Aimé Girard a constaté « que la pomme de terre est au contraire sous le rapport des engrais une plante très exigeante, et si, sans fumure, elle peut dans tout terrain donner une récolte misérable, c'est seulement quand les engrais lui sont offerts en abondance qu'elle fournit de hauts rendements et que ses tubercules acquièrent une grande richesse en fécule ; elle ne rend que ce qu'elle a reçu. »

En effet, si nous calculons les quantités de principes fertilisants nécessaires à la culture de la pomme de terre pour obtenir une récolte de 18.000 k. de tubercules à l'hectare, nous constatons les chiffres suivants :

	Tubercules kil.	Fanes kil.	Récolte totale kil.
Azote	57,6	21,0	78,6
Acide phosphorique .	32,4	4,2	36,6
Chaux.	3,6	21,0	24,6
Potasse	100,8	12,6	113,4

Les chiffres précédents montrent combien la pomme de terre est exigeante principale-ment en azote et en potasse. La fumure azotée devra être abondante si le sol est pauvre en cet élément, et il faudra en outre que cet azote soit rapidement assimilable, étant donnée la durée de la végétation de la pomme de terre et ses premières exigences. Toute la quan-tité de potasse renfermée dans les fanes et dans les tubercules n'a pas été accumulée pour satisfaire les besoins nutritifs de la plante, mais résulte de l'affinité de la pomme de terre pour cet élément.

C'est un fait que l'on a observé dans beaucoup d'autres cas ; ainsi M. Schlœsing a constaté que certains plants de tabac avaient absorbé jusqu'à 4 et 5 0/0 de potasse, alors que d'autres plants qui n'en contenaient que 0,25 0/0 avaient présenté le même aspect de végétation. Il en est de même pour la pomme de terre et pour la betterave. Ce fait est encore confirmé par l'analyse des cendres de tubercules et de fanes, qui révèle une grande variation dans la teneur en potasse selon le terrain et selon la fumure potassique. Nous pouvons en déduire que la pomme de terre, étant donnée sa facilité d'absorption vis-à-vis de la potasse, se contentera, sinon dans un terrain pauvre, du moins dans un terrain relativement riche, des ressources naturelles du sol, et que, si elle vient en tête d'assolement, l'apport de toute fumure contenant une certaine proportion de potasse suffira certainement pour qu'il n'y ait pas lieu d'avoir recours aux engrais potassiques.

Cependant dans le canton sud de Melun, où la pomme de terre a été cultivée en abondance, et où l'on a l'habitude de brûler les fanes, les sols, déjà naturellement pauvres en potasse, ont vu diminuer leur teneur en cet élément à tel point que la culture de la pomme de terre n'est plus rémunératrice sans le concours d'engrais potassiques.

La pomme de terre est moins exigeante en chaux qu'en acide phosphorique ; c'est ce qui explique qu'elle peut être cultivée dans les terrains granitiques ou sableux.

En nous reportant au tableau précédent, nous voyons que les fanes d'une récolte de 18.000 k. de tubercules contiennent : 21,0 k. d'azote, 4,2 k. d'acide phosphorique et 12,6 k. de potasse. Si nous calculons la valeur de ces principes à raison de 1 fr. 30 pour l'azote, 0 fr. 40 pour l'acide phosphorique et 0 fr. 40 pour la potasse, nous obtenons un total de 34 francs. Lorsque nous les brulons c'est donc une trentaine de francs que nous perdons volontairement par hectare. Par conséquent il est avantageux, sinon de les enterrer par un labour, du moins de les mélanger par couches au fumier.

BETTERAVE

Les conclusions que nous venons d'indiquer pour la pomme de terre peuvent s'appliquer, dans une certaine mesure, à la culture de la betterave. Voici les quantités de principes fertilisants nécessaires pour obtenir des récoltes de 30.000 k. de betteraves sucrières et 40.000 k. de fourragères :

	Betterave sucrière			Betterave fourragère		
	Racines 30.000 k. kil.	Feuilles 15.000 k. kil.	Récolte totale kil.	Racines 40.000 k kil.	Feuilles 20.000 k. kil.	Récolte totale kil.
Azote	48	45	93	72	60	132
Acide phosphorique	33	15	48	32	16	48
Chaux	15	54	69	16	34	50
Potasse	120	60	180	172	86	258

En comparant deux récoltes normales de betterave et de pomme de terre nous constatons, les feuilles et les fanes étant laissées sur le sol, que la culture de la betterave épuise beaucoup moins le sol en azote

Comme la pomme de terre, la betterave a la propriété d'absorber de grandes quantités de potasse, mais cette absorption est loin d'être une nécessité pour la plante. Par conséquent nous ferons les mêmes observations et les mêmes restrictions que pour la pomme de terre.

La valeur fertilisante des feuilles est très élevée. En nous reportant au tableau précédent, nous voyons que les feuilles d'une récolte de 30.000 k. de betterave sucrière contiennent : 45 k. d'azote, 15 k. d'acide phosphorique et 60 k. de potasse représentant une valeur correspondant à 75 francs par hectare. Les feuilles de 40.000 k. de betterave fourragère ont une valeur encore plus élevée ; elles contiennent : 60 k. d'azote, 16 k. d'acide phosphorique et 86 k. de potasse représentant une valeur de 100 francs. Les feuilles de betterave constituent donc un engrais de haute valeur dont il y a lieu de tenir grand compte. Quant à la pratique de l'effeuillage, elle doit être complètement abandonnée pour deux raisons : tout d'abord la valeur fertilisante des feuilles est de beaucoup supérieure à leur valeur fourragère ; de plus, cette pratique est absolument nuisible à la betterave. Des expériences comparatives absolument concluantes ont démontré que le rendement en poids, le sucre, la matière sèche, les matières protéiques diminuent sensiblement avec l'effeuillage partiel et considérablement avec l'effeuillage total.

MM. Champion et Pellet ont montré que quelle que soit la richesse centésimale des betteraves, le végétal entier renferme pour cent de sucre un poids constant de matières minérales, soit 14 k. en moyenne. Tandis que les matières insolubles, la chaux, la magnésie et l'acide phosphorique sont en proportion à peu près constante, l'acide sulfurique, le chlore, la potasse, la soude et l'azote varient sensiblement.

Enfin nous indiquerons les conclusions obtenues par M. Joulie :

1° L'acide phosphorique augmente dans les betteraves quand il augmente dans les engrais ; il exerce une énorme influence sur la richesse saccharine.

2° La potasse augmente aussi dans les betteraves lorsque les engrais employés en contiennent, mais sans profit pour la richesse saccharine, et en rendant, au contraire, les betteraves plus salines et par conséquent de moins bonne qualité.

3° La soude peut remplacer la potasse pour les betteraves dans une assez large mesure, lorsqu'elle lui est fournie à l'état de nitrate ; cette substitution qui peut aller jusqu'à 50 0/0 des alcalis contenus, est favorable au rendement en poids, sans nuire à la qualité ; elle amène, au contraire, une réduction notable de la somme des alcalis contenus dans la betterave qui devient par conséquent moins saline.

4° L'azote assimilable exerce une action très favorable au rendement en poids, sans nuire à la qualité lorsqu'il est donné à dose modérée (60 à 70 k. à l'hectare) ; au-delà de ces doses, il peut nuire à la qualité et même au rendement en poids.

5° L'azote nitrique est lui-même préférable à l'azote ammoniacal, qui lui-même l'emporte de beaucoup sur l'azote organique, en ce qui concerne la betterave.

J'ajouterai que pour l'application de ces engrais il y a lieu de tenir compte de la nature du sol.

LÉGUMINEUSES

Les plantes de la famille des Légumineuses sont appelées à rendre de grands services à l'agriculture du Canton, aussi bien par leur utilisation directe que par les propriétés améliorantes qu'elles communiquent au sol. Nous savons que les Légumineuses sont les seules plantes de grande culture qui peuvent assimiler l'azote de l'ai. « Cette fixation est corrélative de l'existence sur leurs racines de nodosités auxquelles donnent naissance et où se développent des êtres microscopiques particuliers (pouvant varier d'une légumineuse à une autre) ; la terre végétale contient les germes de ces microbes ; les Légumineuses, qui poussent ainsi dans une terre habitée, portent naturellement des nodosités, et fixent de l'azote gazeux ; si elles rencontrent dans le sol d'abondantes réserves de nitrate, elles en assimilent l'azote, portent moins de nodosités, et prélèvent sur l'atmosphère une moindre quantité d'azote. » Cette propriété les rend donc très précieuses pour augmenter naturellement et économiquement le stock d'azote organique des terres. De plus, par la puissance de pénétration de leurs racines, elles ameublissent les sols compactes, elles peuvent utiliser les ressources naturelles du sol vierge et du sous-sol, tout en les ramenant à la portée des plantes qui leur succéderont.

De grandes étendues ont été ou peuvent être modifiées avantageusement par la culture raisonnée des Légumineuses (luzerne, trèfle, sainfoin, minette, vesce, lupin, gesse, pois, lentille, haricot, etc.), principalement dans les sols siliceux ou calcaires, pauvres en azote. Les résultats merveilleux, obtenus en Allemagne par le Dr Schultze dans son domaine de Lupitz, ont démontré depuis longtemps les propriétés améliorantes des Légumineuses.

Mais il ne faut pas croire qu'il suffit de les semer dans n'importe quel terrain, sans aucunes préparations, pour en récolter les bons effets.

Si les Légumineuses sont des plantes améliorantes, il n'en est pas moins vrai qu'elles sont très exigeantes en chaux, en potasse et en acide phosphorique. En effet, si nous calculons les quantités de principes fertilisants nécessaires pour obtenir (en foin) des récoltes de 7.000 k. de luzerne, de 5.000 k. de trèfle rouge, de 6 000 k. de sainfoin, 4.000 k. de vesce, nous trouvons les chiffres suivants :

	Luzerne 7.000 k. kil.	Trèfle rouge 5.000 k. kil.	Sainfoin 6.000 k. kil.	Vesce 4.000 k. kil.
Azote.	140	100	108	91
Acide phosphor .	36	28	28	25
Chaux	202	96	88	77
Potasse	106	98	107	80

En outre ces chiffres ne tiennent pas compte des quantités nécessaires à la production du système radiculaire, qui, comme nous le savons, est très développé, mais ils suffisent pour nous confirmer les exigences élevées des Légumineuses, principalement en chaux et en potasse.

TROISIÈME PARTIE

LES ENGRAIS

CHAPITRE PREMIER

ENGRAIS COMMERCIAUX

Nous trouvons aujourd'hui dans le commerce une grande variété d'engrais, dont les propriétés différentes permettent en général de satisfaire les conditions multiples et particulières aux climats, aux sols et aux systèmes de culture. Dans ce chapitre nous ne pouvons donner qu'un faible aperçu d'une question aussi importante, et nous prions le lecteur de se reporter aux ouvrages spéciaux, et particulièrement au savant travail de MM. Müntz et Ch. Girard sur les Engrais (1).

1° *Engrais azotés.* — Les engrais azotés peuvent naturellement se diviser en trois groupes :

      Engrais organiques.
      Sels ammoniacaux.
      Nitrates.

Ces trois états ont une valeur agricole très différente, des propriétés spéciales, qu'il s'agit de savoir utiliser à propos.

Les principaux engrais azotés organiques que l'on trouve dans le commerce sont :

	Contenance en azote	Prix	Prix du kil. d'azote
Sang desséché moulu. . . .	11 à 13 0/0	21.25	1.77
Viande desséchée moulue .	9 à 11 0/0	18 00	1.80
Corne torréfiée moulue. . .	14 à 15 0/0	21.75	1.50
Cuir torréfié moulu	8 à 9 0/0	11 50	1.35
Déchets de laine	4 à 6 0/0	5 75	1.15

Le sang et la viande desséchés sont de très bons engrais, qui conviennent particulièrement dans les terres très légères du Canton, malgré que leur prix soit encore trop élevé, comparativement avec le sulfate d'ammoniaque.

Parmi les sels ammoniacaux le sulfate d'ammoniaque est à peu près le seul employé.

---

(1) *Les Engrais*, par MM. Müntz et Ch. Girard, chez Firmin-Didot, 56, rue Jacob, Paris.

Il contient de 20 à 21 0/0 de son poids d'azote et se paye de 29 à 31 fr. les 100 kil.; le kilogramme d'azote revient donc environ à 1.40, Le sulfate d'ammoniaque est extrait en grande partie des eaux, vannes des matières de vidange et des eaux ammoniacales, résidu de la fabrication du gaz d'éclairage. Un mètre cube d'eaux vannes donne de 9 à 11 kil. de sulfate d'ammoniaque ; 1.000 kil. de houille fournissent en moyenne 5 kil.

Les deux nitrates employés par l'agriculture sont le nitrate de soude et le nitrate de potasse. Le nitrate de soude contient de 15 à 16 0/0 d'azote, le nitrate de potasse 13 0/0. Dans le premier, le kilogramme d'azote est payé de 1 fr. 30 à 1 fr. 50, tandis que dans le nitrate de potasse, déduction faite des 44 0/0 de potasse à 0,40, il revient à 2 fr. 50, le nitrate de potasse étant coté 50 fr. les 100 kilogs ; cette énorme différence suffit pour en rejeter l'emploi.

Le nitrate de soude existe en abondance au Chili, au Pérou et en Bolivie, où il forme à la surface du sol, mais au-dessous d'une légère couche protectrice d'argile, un banc d'épaisseur variable, qui a une étendue de plus de 100 lieues carrées. Le nitrate de soude brut (caliche, en espagnol), avant d'être livré au commerce, subit une épuration. Sa consommation s'est élevée en 1900 à 1.349.890 tonnes dont 268.880 pour la France. C'est un sel déliquescent, et par conséquent de conservation difficile.

2° *Engrais potassiques.* — Le chlorure de potassium et le sulfate de potasse sont les deux sels qui sont le plus communément employés avec la kaïnite. Les deux premiers renferment de 48 à 52 0/0 de potasse, tandis que la kaïnite ne contient que 23/25 0/0 de sulfate de potasse, soit en moyenne 11 à 12 0/0 de potasse. Le kilogramme de potasse revient en moyenne à 0 fr. 45 dans le chlorure, à 0 fr. 50 dans le sulfate et à 0 fr. 55 dans la kaïnite. Ce dernier engrais est donc à rejeter puisque le kilogramme de potasse revient plus cher et que les frais de transport sont plus élevés. Quant aux deux autres sels, nous verrons plus loin qu'en prenant certaines précautions indispensables, le chlorure de potassium donne les mêmes résultats que le sulfate de potasse. Le chlorure et le sulfate de potasse sont extraits en grandes quantités des mines de Stassfurt. En 1899, la consommation totale en quintaux métriques de potasse s'est élevée en France à 508.549.

3° *Engrais phosphatés.* — Les engrais phosphatés que nous rencontrons ordinairement dans le commerce peuvent se classer en trois catégories :

Phosphates naturels et phosphates d'os.

Superphosphates et phosphates précipités.

Scories de déphosphoration.

Dans ces différents engrais, l'acide phosphorique peut se trouver à l'état :

1° De phosphate monobasique, soluble dans l'eau et directement assimilable par les plantes. Les superphosphates et les phosphates précipités en contiennent une petite quantité.

2° De phosphate bibasique (superphosphates, phosphates précipités, scories), insoluble dans l'eau, mais soluble dans le citrate d'ammoniaque et capable d'être solubilisé par le suc acide des racines ;

3° De phosphate tribasique (phosphates naturels et phosphates d'os), insoluble dans l'eau et dans le citrate, et par conséquent momentanément inerte pour les plantes ;

4° De phosphate tétrabasique (scories), soluble seulement dans les acides mais, grâce à la température élevée de sa formation, pouvant se décomposer facilement en phosphate soluble au citrate et assimilable par les racines.

Naturellement chaque état a ses propriétés spéciales qui ont été la cause de longues discussions sur l'emploi et sur la valeur relative des engrais phosphatés, mais nous pouvons interpréter les résultats obtenus en disant qu'à chaque nature de terre correspond un ou plusieurs états d'acide phosphorique, qui lui sont particulièrement favorables et que l'on doit employer de préférence, à moins que l'on ne constate que des différences culturales peu sensibles, compensées par des avantages économiques. Voici la composition en acide phosphorique des principaux engrais et leurs prix de revient.

	Contenance en ac. phosphorique	Prix	Prix du kilog. d'ac. phosp.
Poudre d'os verts, 3 à 4 °/₀ Az.	+ 40 à 45 phosphate	9 75	env. 0.30
— dégélatinés, 1 à 1,5 °/₀ Az. . .	60 à 65 —	10 »	— 0.30
Superphosphates d'os purs 0,6 à 1,0 °/₀ Az.	16 à 18 ac. ph.	8.25	0.45
Superphosphates minéraux	16 à 18 —	7.50	0.41
Phosphate précipité.	36 à 40 —	14.80	0.40
Scories de déphosphoration.	14 à 18 —	6.00	0.35

CHAPITRE DEUXIÈME

COMPOSITION, CONSERVATION ET EMPLOI DU FUMIER

Nous n'insisterons pas sur la valeur et l'importance du fumier de ferme. Les agronomes comme les cultivateurs reconnaissent que c'est l'engrais par excellence, dont la production est liée aux conditions mêmes de l'exploitation rationnelle de l'agriculture. Son emploi remonte aux temps les plus reculés, mais l'explication de ses effets utiles n'a été donnée seulement que depuis un demi-siècle.

Nous ne pouvons pas ici faire une étude même sommaire des conditions de sa production, de sa conservation et de son emploi, mais vu l'intérêt du sujet nous prions le lecteur de consulter attentivement dans les *Engrais*, de MM. Müntz et Girard, la partie consacrée au fumier de ferme.

La composition du fumier, c'est-à-dire sa qualité, sa richesse en substances utiles à la végétation dépend essentiellement de l'alimentation des animaux, de leur âge, de leurs fonctions ; elle dépend également de la litière tant par sa composition propre que par sa faculté de fixer les matières contenues dans les déjections ; enfin, et c'est maintenant que nous voulons attirer l'attention des cultivateurs, des soins donnés au fumier tant, pour la conservation des principes utiles que pour son mode d'emploi.

La composition des déjections solides et liquides est assez différente. Les urines renferment en grande partie l'azote et presque en totalité la potasse des déjections. Le reste de l'azote, l'acide phosphorique et la chaux, se concentrent dans les fèces. On voit donc que, lorsque par négligence on laisse perdre les urines, la ferme se trouve privée de quantités très importantes d'azote et de potasse. L'agriculteur doit porter toute son attention sur les parties liquides du fumier qui ont une valeur plus élevée que les parties solides.

Les déjections des animaux sont soumises à l'étable à des réactions chimiques, importantes par les déperditions qu'elles occasionnent principalement en azote. La fermentation ammoniacale, qui en est la cause, est presque nulle dans les déjections solides, tandis que dans les urines elle est très active, et peut aller jusqu'à l'épuisement presque total de la matière azotée.

Dans le tas de fumier il s'établit une combustion d'autant plus active que l'air pénètre plus facilement, et qui se traduit par une augmentation assez forte de température (70° à 80°), et par une nouvelle déperdition d'azote. Lorsque le fumier est tassé, la fermentation est à l'abri de l'air et se modifie. Les matières organiques se désagrègent et se transforment en substances brunes, à réaction acide, qui s'emparent et fixent l'ammoniaque. Cette matière brune ou *beurre noir* est précieuse, car c'est l'agent par excellence de la formation du terreau ; son degré de décompostion indique l'état plus ou moins avancé du fumier.

La composition du fumier est très variable, étant données les causes nombreuses qui la déterminent. Simplement pour fixer les idées, nous dirons que le fumier de mouton est le plus riche principalement en azote et en potasse, puis vient le fumier de cheval et de porc, enfin le fumier de vache ; dans le canton sud, une tonne de fumier mixte, obtenu par la moyenne et la petite culture, contient environ 3 kil. d'azote, 2 kil. d'acide phosphorique et 4 kil. de potasse.

La pauvreté relative de ce fumier provient tout d'abord de la pauvreté des terres du canton en éléments fertilisants, mais surtout du peu de soins donnés à sa récolte et à sa conservation. Les causes de déperdition sont multiples. Tout d'abord le manque d'étanchéité de l'aire des étables et du tas de fumier, qui occasionne des pertes par infiltration d'urines, partie la plus riche en azote et en potasse.

Une autre cause importante est le lavage du fumier par les eaux pluviales qui tombent à sa surface, et par les égouts des toits et des cours qui viennent laver la base du tas de fumier, entrainent les parties solubles, les plus riches, et diminuent ainsi sa richesse.

Les pertes par évaporation d'ammoniaque sont surtout sensibles lorsque la litière est insuffisante ou lorsque le fumier est mal arrosé ou insuffisamment tassé ; dans ce cas on voit se développer un champignon appelé *chancissure* ou *blanc de fumier*, qui est encore la cause de nouvelles déperditions d'azote.

L'importance de toutes ces déperditions est souvent considérable et se traduit par une perte d'argent très élevée. M. Grandeau a calculé que « l'ensemble du fumier, produit en France chaque année, représente une valeur d'environ trois milliards de francs. Près de la moitié des principes fertilisants de cette masse d'engrais est perdue, tant par les causes naturelles que par l'incurie des agriculteurs. Il est utile que les praticiens se pénètrent de cette constatation pénible. »

C'est principalement à l'étable que les pertes d'azote sont les plus élevées : dans les bergeries elles dépassent souvent 50 0/0, dans les étables proprement dites 30 0/0. Les déperditions d'azote dans le tas de fumier sont variables et dépendent des soins qu'on lui donne.

Des expériences précises ont montré qu'en somme dans le tas de fumier convenablement établi les pertes d'azote par volatilisation d'ammoniaque sont peu considérables (environ 14 0/0), tandis que le lavage par les eaux pluviales détermine des pertes bien plus grandes : 30 0/0 dans le fumier placé en tas, à l'air libre, et 64 0/0, près des 2/3 de l'azote initial, dans le fumier étalé à l'air libre en couche mince, comme cela se rencontre souvent dans le Canton.

Il y a donc intérêt à soustraire le fumier à l'action des eaux pluviales et à le ramasser sous un tas offrant la plus petite surface possible.

La nature des litières a une grande influence sur l'absorption des liquides et de l'ammoniaque en particulier. La tourbe est supérieure à toutes, puis viennent les litières terreuses, la sciure de bois, et enfin les litières végétales, pailles, fanes, etc. L'abondance de la litière a une influence peu marquée, mais il n'en est évidemment pas de même de son remplacement.

Nous recommandons de ne pas exagérer la quantité des litières, tant par raison d'économie que pour éviter d'avoir des fumiers trop pailleux, qui ne conviendraient nullement aux terres sableuses légères de nos régions.

Nous avons vu que pour restreindre les déperditions d'azote dans le tas de fumier, celui-ci doit être entre autres soins convenablement arrosé et bien tassé ; il est avantageux, lorsqu'il est pour séjourner quelque temps à la ferme, de le recouvrir d'une mince couche de terre, qui lui conservera une certaine fraîcheur et recueillera les vapeurs ammoniacales.

Dans le purin, qui contient une grande partie des urines, la fermentation ammoniacale est très active, et l'ammoniaque tend à se dégager. Il est donc nécessaire que la fosse à purin soit close ou à ouverture étroite ; pour saturer l'ammoniaque libre et empêcher ainsi sa volatilisation, le procédé le plus économique est d'ajouter au purin une quantité convenable d'acide sulfurique ou chlorhydrique, jusqu'à ce que la masse prenne une réaction légèrement acide, décelée par le rougissement du papier de tournesol.

Nous ne pouvons parler ici de la disposition qu'il convient de donner aux étables, mais nous rappellerons que, avant tout, le sol doit être étanche, c'est-à-dire pavé ou bitumé, et légèrement incliné, pour permettre aux urines de se réunir dans le caniveau, qui les conduira à la fosse au purin. A défaut de cette disposition, lorsque l'aire de l'étable est plane, il est très recommandable de recouvrir le sol d'une mince couche de terre contenant le plus possible d'humus, qui, renouvelée en moyenne deux fois par mois, absorbera les urines échappées à la litière et retiendra l'ammoniaque qui s'en dégage.

Cette terre, que l'on pourra répandre avec soin sur le tas de fumier ou utiliser directement, constituera elle-même un excellent engrais principalement riche en azote et en potasse, mais pauvre en acide phosphorique.

Dans les bergeries on a l'habitude de laisser le fumier s'accumuler pendant plusieurs mois sous les animaux ; cette pratique est défectueuse, car le fumier se trouve dans les conditions les meilleures (couche mince et grande surface) pour une fermentation active, et une grande déperdition d'ammoniaque, qui rend l'atmosphère malsaine pour les animaux.

Une autre pratique également mauvaise consiste à se servir de pics ou de crochets pour sortir des étables par gros paquets le fumier qu'on dépose ainsi sans régularité sur le tas ; il est nécessaire de se servir de fourches, et de disposer le fumier par couches égales et bien tassées.

Pour que le tas de fumier se trouve dans les conditions les meilleures pour se bien faire sans grosses pertes, il faut, avant tout, que son emplacement ne soit pas lavé par les eaux de pluie provenant des toits et des cours, et que les liquides qui s'en écoulent, et qui constituent la partie la plus riche, ne soient pas entraînés au dehors.

Pour éviter cet état, que l'on rencontre malheureusement trop souvent, il suffit, lorsque la ferme n'a ni fosse à fumier ni fosse à purin « d'asseoir le tas, sur un terrain parfaitement plat, à l'abri des gouttières et des eaux qui ruissellent dans les cours ; le sol n'étant ni pavé ni bitumé, et les purins ne pouvant être recueillis à part, on creusera une petite fosse et on la remplira d'une bonne terre passée à la claie, qui absorbera les liquides et se transformera ainsi en un véritable fumier ; en outre on entourera le tas d'un fossé destiné à retenir les purins qui s'écoulent ». Ce sont des procédés encore primitifs, mais simples et peu coûteux, en tous cas bien supérieurs à ce que l'on rencontre ordinairement.

Il est également nécessaire de maintenir le tas dans un état convenable d'humidité, et d'empêcher l'accès de l'air. On y arrive facilement en arrosant le tas souvent et à propos avec les liquides de la fosse à purin ou des rigoles latérales, et en y faisant séjourner les animaux de temps en temps. Nous rappelons que lorsque le tas doit séjourner dans la cour, il est avantageux de le recouvrir d'une couche de terre.

Ces précautions sommaires, quoique de première importance, sont faciles à remplir et demandent peu de frais, surtout si l'on met en relief les richesses en principes fertilisants qui n'ont pas été gaspillées.

Nous terminerons par une phrase classique de Boussaingault : « On peut à première vue juger de l'industrie et du degré d'intelligence d'un cultivateur, par les soins qu'il donne à son tas de fumier ; c'est une chose déplorable de voir avec quelle négligence on laisse perdre les engrais dans une grande partie de la France. »

Le tas de fumier n'est pas d'une composition homogène ; les différentes couches sont dans un état de décomposition plus ou moins avancé. Comme il y a grand avantage à ce que les champs soient régulièrement fumés, il est donc nécessaire d'attaquer le tas dans toute sa hauteur par tranches verticales, et non de l'enlever sur toute la surface par couches successives.

L'enfouissement du fumier demande certaines précautions. Les petits tas de fumier ou *fumerons*, doivent être égaux et régulièrement espacés (en moyenne de 7 mètres les uns des autres). Il ne faut pas laisser ainsi le fumier en tas séjourner dans les champs, mais le répandre uniformément le plus tôt possible, surtout si le temps est à la pluie. Une fois répandu sur le champ on peut le laisser ainsi quelque temps ou l'enfouir bientôt dans le sol par un labour. L'enfouissement du fumier après un certain temps n'est permis que si le temps est froid et pluvieux ou si le sol n'est pas encore en bon état de labour.

L'époque de l'enfouissement dépend de la récolte qui doit suivre, de la nature du sol, de l'état plus ou moins avancé du fumier. En général les plantes profitent davantage d'un fumier répandu à l'avance, qui se trouve, par le fait de son incorporation au sol, dans un état de décomposition plus avancé et par conséquent d'une assimilation plus facile, que celui qui est donné au sol depuis peu de temps. D'autre part, si le fumier est longtemps répandu à l'avance, des conditions favorables de température peuvent faire nitrifier une certaine partie de son azote, et si des pluies abondantes surviennent, il peut en résulter des pertes assez sensibles en azote nitrique, principalement dans les terres perméables. Enfin un fumier peu avancé demandera un temps plus long pour se décomposer qu'un fumier bien fait. Ces considérations placent l'époque de l'enfouissement pour betteraves ou pommes de terre dans les sols légers et sablonneux depuis le commencement de novembre jusqu'à la fin de janvier.

La nature du sol a une grande importance sur la décomposition du fumier et sur la durée de ses effets. Les terres légères et chaudes consomment beaucoup de fumier et limitent sa durée tant par le fait d'une nitrification active que par leur faible pouvoir absorbant. Dans ces terres il est de toute nécessité de ne donner que de faibles fumures, 20.000 à 30.000 kilogrammes par hectare, quitte à les renouveler plus souvent. Le fumier de vache, froid, aqueux, de décomposition plus lente, convient à ces sols. Au contraire, les terres argileuses, fortes, demandent que les fumiers soient enfouis peu profond, mais de bonne heure, autant que possible avant l'hiver, car dans ces terres la décomposition y est active ; grâce à leur perméabilité et à leur pouvoir absorbant élevé, il n'y a pas à craindre de pertes sensibles en principes fertilisants. Les fumiers y ont une durée supérieure.

On peut dès lors donner à ces terres des doses plus élevées, 40.000 et 50.000 kil., doses qui auront pour effet de modifier heureusement leur constitution physique en les rendant plus légères et plus perméables. Les fumiers de cheval et de mouton leur conviennent particulièrement, ainsi que les fumiers frais et longs, tandis que les fumiers courts et à demi décomposés seront réservés pour les terres légères, sableuses ou calcaires.

Les bons effets des fumiers se font sentir aussi bien sur les plantes que sur les mauvaises herbes. Celles-ci nuiront à la bonne venue des jeunes plantes, et s'empareront des principes utiles du fumier. Il faut pouvoir empêcher leur développement par des façons culturales appropriées.

C'est sur les plantes sarclées, betterave ou pomme de terre, etc., qu'il est le plus avantageux d'appliquer le fumier, car en tout temps il est possible de se débarrasser des mauvaises herbes. Les plantes sarclées peuvent également profiter davantage des bonnes fumures, tandis que les céréales ont leur développement limité par la verse.

Il ne faut donner aux céréales que des fumiers consommés, tout d'abord pour satisfaire les besoins immédiats des plantes, ensuite parce que les graines des mauvaises plantes qui s'y trouvent ont perdu leur faculté germinative. L'application du fumier aux plantes fourragères de la famille des Légumineuses (luzerne, trèfle, sainfoin, vesce, pois, haricot, etc.), est une grosse faute, car l'azote du fumier peut être considéré comme perdu, attendu que ces plantes ont la faculté de s'emparer de l'azote atmosphérique ; seuls, l'acide phosphorique et la potasse du fumier sont utilisés ; il est donc beaucoup plus avantageux de les leur donner sous forme d'engrais minéraux.

CHAPITRE TROISIÈME

FUMIER DE FERME ET ENGRAIS CHIMIQUES

De nos jours une exploitation agricole ne pourrait plus être soutenue exclusivement par le fumier qu'elle produit. Outre les pertes naturelles des principes fertilisants entraînés par les eaux d'infiltration, principalement pour l'azote nitrique, celles plus ou moins forcées provenant du fumier, et celles résultant de l'exportation des produits, qui diminueraient sans cesse sa richesse foncière, elle ne pourrait atteindre des rendements élevés, et par conséquent espérer des prix de vente rémunérateurs.

Le fumier n'est en quelque sorte que le reflet du sol qui le produit. Celui-ci est-il riche ou pauvre en tel élément, on peut être certain qu'il en sera de même du fumier. Ainsi, dans es terrains argileux du Canton, plutôt riches en potasse et pauvres en acide phosphorique, nous ne pouvons répandre que des fumiers qui fourniraient de grandes quantités de potasse, en partie inutilisées, tandis que leur apport en acide phosphorique serait insuffisant. Si nous voulions forcer les doses pour obtenir les quantités nécessaires en acide phosphorique nous donnerions alors un excès d'azote plutôt nuisible, et qui serait perdu en partie, avant d'avoir été utilisé par les récoltes. Ainsi, le fumier ne peut qu'exagérer les qualités ou les défauts d'un sol, sans pouvoir corriger ses défauts et sans permettre d'utiliser ses qualités.

Une autre considération importante contre l'emploi exclusif du fumier est donnée par l'impossibilité de satisfaire les exigences particulières des cultures en tel ou tel principe fertilisant. C'est ainsi, par exemple, que les légumineuses, qui sont particulièrement exigeantes en potasse, et qui peuvent se nourrir d'azote aux dépens de l'air atmosphérique, ne pourront utiliser l'azote apporté par le fumier; de ce fait, nous aurons gaspillé une partie de nos ressources. Cet exemple peut s'appliquer plus ou moins aux autres cultures.

En résumé, avec l'emploi exclusif du fumier nous ne sommes pas maîtres des conditions particulières du climat, du sol et des cultures; loin d'améliorer notre richesse foncière, nous sommes obligés souvent de la gaspiller, et, en tous cas, nous l'appauvrissons davantage. C'est pourquoi avant l'introduction des engrais chimiques, on était obligé pendant un certain temps de laisser les terres improductives en jachères, pour permettre aux principes fertilisants de se transformer en un état plus assimilable.

Mais à côté de ces défauts graves, le fumier a des propriétés et des qualités qui lui sont propres, et dont nous ne pouvons que difficilement nous passer. Aussi nous croyons être dans un juste milieu en limitant son emploi aux conditions économiques de sa production, et en conseillant, surtout dans nos terrains nitrifiants et perméables, les petites fumures (20 à 25.000 kil.), que nous pourrons compléter avantageusement par un apport raisonné d'engrais chimiques, avec lesquels il nous sera possible de donner tel principe fertilisant que nous voudrons, et d'en répandre telle quantité que nous jugerons nécessaire.

CHAPITRE QUATRIÈME

EMPLOI DES ENGRAIS

L'emploi des engrais chimiques est lié, d'une part, à l'évaluation des ressources naturelles du sol et, d'autre part, à la connaissance des exigences culturales des récoltes.

Le rôle des engrais chimiques est de compléter avec le fumier de ferme les ressources naturelles du sol pour satisfaire largement les exigences culturales ; ils rétablissent l'équilibre entre les quantités fertilisantes et les quantités consommées. Leur emploi est devenu pour ainsi dire général, grâce à leur concentration et par suite à leur facilité de transport et d'épandage, grâce à la faculté de n'employer exclusivement que tel principe, et à la facilité de régler leur action suivant les besoins des plantes, etc.

Le climat, la nature du sol et les exigences culturales ont une grande influence sur le choix des engrais. En général le commerce nous offre pour un même principe fertilisant plusieurs variétés d'engrais, ayant des propriétés particulières et souvent différentes ; il y a un grand intérêt à savoir distinguer parmi eux ceux dont les propriétés s'adapteront le mieux aux conditions du climat, du sol et des exigences culturales.

ENGRAIS AZOTÉS.— Nous avons dit que les engrais azotés peuvent se diviser en trois groupes : engrais organiques, sels ammoniacaux et nitrates. Ces trois états ont une valeur agricole très différente, des propriétés spéciales, qu'il s'agit de savoir utiliser à propos.

L'azote nitrique étant directement assimilé par les plantes, l'azote ammoniacal se nitrifiant rapidement, et l'azote organique au contraire nécessitant des transformations préalables, qui exigent certaines circonstances et demandent un temps plus ou moins long, il est évident que les engrais azotés agiront pour un même sol avec une intensité variable, et auront une période d'action plus ou moins grande, selon la nature de l'azote employé. Dans les terres légères des Sables de Fontainebleau et des Eboulis les engrais organiques qui nitrifient le plus rapidement sont : les engrais verts, la viande et le sang desséchés, la corne torréfiée, puis, la tournure de corne, le fumier de vache, enfin, les chiffons de laine et le cuir brut ; la nitrification du sulfate d'ammoniaque est la plus rapide.

Il nous faut rappeler que la nature du sol a une grande influence sur l'activité de la nitrification. Les terres qui ne contiennent pas de calcaire ne peuvent nitrifier ; les terres

4

fortes, compactes nitrifient difficilement, tandis que les terres légères, siliceuses ou calcaires, nitrifient trop rapidement.

Comme l'azote nitrique n'est pas retenu par le pouvoir absorbant de la terre, nous comprenons qu'il y a un grand intérêt à ce que les terres perméables en reçoivent le moins possible, et en tous cas à des époques où les pertes par infiltration des eaux de pluie ne soient plus trop à craindre.

Par le choix des engrais azotés nous pourrons compenser heureusement et dans une certaine mesure les défauts des sols, dus à leur plus ou moins grande perméabilité et à leur faculté de nitrification plus ou moins élevée.

Nous indiquerons pour chaque terrain la nature des engrais à employer de préférence pour chaque culture,

ENGRAIS POTASSIQUES. — Le chlorure de potassium et le sulfate de potasse, qui sont généralement employés, sont deux sels très solubles et il semble qu'il y aurait à craindre de les voir disparaître des sols, entraînés par les eaux pluviales. Il en est ainsi lorsque les terres légèrement sablonneuses ne renferment pas la quantité de calcaire suffisante pour transformer le sulfate ou le chlorure en carbonate de potasse, ou bien encore dans les terres fortement calcaires mais dépourvues d'argile et d'humus; dans le premier cas, le carbonate de potasse ne peut se former et dans le second cas, il ne peut pas être retenu. Ainsi dans les terres sablonneuses, pauvres en calcaire et dans les terres calcaires, pauvres en argile et humus, nous ne devons donner que la quantité de potasse strictement nécessaire à la récolte et ne répandre les engrais potassiques que peu de temps à l'avance, généralement au dernier labour qui précède les semailles. Mais dans la plupart des terres, le carbonate de potasse résultant de la double décomposition des engrais potassiques et du carbonate de chaux, est énergiquement retenu par l'argile et l'humus et l'on pourrait en répandre de grandes quantités sans craindre de les voir disparaître.

Les sels de potasse doivent toujours être appliqués quelque temps avant les semailles, afin de permettre et de faciliter leur diffusion dans le sol. Sans cela, les semences, tombant dans des solutions concentrées de potasse, seraient corrodées et, à coup sûr, on ne pourrait obtenir une levée régulière. A plus forte raison, ne doit-on jamais répandre d'engrais potassiques sur des plantes déjà levées, comme nous l'avons vu pratiquer quelquefois pour la betterave.

ENGRAIS PHOSPHATÉS. — Nous avons dit que les quatre états dans lesquels on rencontre l'acide phosphorique du commerce ont leurs propriétés spéciales qu'il s'agit de savoir utiliser à propos, en tenant compte des résultats culturaux et des avantages économiques.

L'acide phosphorique monobasique soluble dans l'eau se transforme en grande partie dans le sol en acide phosphorique bi-basique insoluble mais soluble dans le citrate d'ammoniaque qui peut être assimilé au fur et à mesure par les plantes et qui, de ce fait, se trouve ainsi retenu dans le sol. De même, une partie de l'acide phosphorique seulement soluble dans les acides se transforme peu à peu, grâce à la présence des matières humiques, en acide phosphorique soluble au citrate. Ces tranformations, selon qu'elles sont plus ou moins actives, plus ou moins rapides, déterminent la valeur agricole de l'engrais phosphaté.

M. Garola nous permettra de rappeler les conclusions de ses études comparatives sur l'emploi des superphosphates, des scories et des phosphates naturels, dans le Limon des plateaux. Pour les superphosphates, « l'acide phosphorique soluble à l'eau est devenu presque entièrement insoluble (85 p. 0/0), en passant pour une faible part (33 0/0) à l'état de phosphate de chaux, et pour la majeure partie (52 0/0), à l'état de phosphate gélatineux de fer et d'alumine. En même temps, les matières organiques font apparaître une quantité supplémentaire notable d'acide phosphorique soluble au citrate ».

« Comme les superphosphates, les scories se modifient profondément, et leur acide phosphorique devient en grande partie (82 0/0) soluble au citrate ».

Avec les phosphates naturels, on n'en trouve que 23 0/0.

« En résumé, tandis que si nous donnons à un sol de limon 100 kilogr. d'acide phosphorique à l'état de phosphate, nous mettons à la disposition des racines 23 kilogr. d'acide phosphorique soluble au citrate ; en sept mois, la même fumure, sous forme de scories, en aurait fourni 87 kilogr. et 100 kilogr. sous forme de superphosphate ».

Mais quelles quantités de ces différents engrais donnerons-nous aux récoltes ?

Si nous connaissons avec une approximation suffisante les exigences culturales d'une récolte, nous sommes moins fixés sur l'évaluation à priori des ressources naturelles du sol. L'analyse ne nous donne, en effet, qu'un pourcentage plus ou moins conventionnel des principes fertilisants qui y sont contenus, mais ne nous indique pas les quantités de ces différents principes qui pourront être utilisées annuellement par les récoltes. Néanmoins, par le nombre considérable d'analyses et par les résultats culturaux obtenus directement ou provoqués dans les champs d'expériences, nous pouvons aujourd'hui déterminer comparativement et avec une approximation suffisante la valeur culturale d'une terre, connaissant son origine géologique et sa composition.

Se basant sur les travaux de MM. de Gasparin, Risler, Joulie, le Comité des stations agronomiques a classé les terres de la façon suivante :

	Azote p. 1.000	Ac. phosphorique p. 1000	Potasse p. 1000
Terres très riches.	2	2	»
Terres riches.	1 à 2	1 à 2	»
Terres moyennem' riches .	1	0,5 à 1,0	1
Terres pauvres	0,5 à 1,0	0,1 à 0,5	»
Terres très pauvres	0,5	0,1	»

Les cas extrêmes impliquent la nécessité ou l'inutilité des fumures complémentaires. Pour les compositions intermédiaires, nous indiquerons pour chaque terrain la fumure qui nous paraîtra la plus rationnelle et la mieux appropriée aux conditions de climat, de sol et de culture, en attendant que les expériences, entreprises par nous, viennent confirmer ou modifier par une détermination plus rigoureuse nos assolements et nos formules.

QUATRIÉME PARTIE

ÉTUDE AGRONOMIQUE DES TERRAINS

CHAPITRE PREMIER

EBOULIS (A.)

La nature et la composition des Eboulis du canton sud dépendent essentiellement des terrains qui leur ont donné naissance : les « sables de Fontainebleau » et les « calcaires et argiles de Beauce ». Nous avons étudié dans le chapitre deuxième de la première partie l'origine et la formation des Eboulis. Nous savons que les matériaux qui les composent ont été arrachés, transportés par les eaux, et qu'ils se sont déposés dans un lac tributaire de la Seine. qui, occupait alors le Canton sud. Les sables les plus grossiers se sont déposés les premiers, près du rivage, tandis que les sables fins et l'argile, ayant été tenus plus longtemps en suspension dans l'eau, ne se sont déposés que dans les eaux tranquilles, le plus souvent à une certaine distance des rives.

C'est pourquoi la finesse des éléments sableux et la proportion d'argile augmentent en général, à mesure qu'on s'éloigne des anciennes berges sablonneuses.

PROPRIETES PHYSIQUES DES EBOULIS

L'analyse physique des différents échantillons est en concordance parfaite avec la géologie. C'est ainsi que la proportion d'argile dans les plaines de Courances, d'Arbonne, de Fay, dépasse rarement 6 0/0, tandis qu'elle s'élève progressivement pour atteindre 15 0/0 à Orgenoy Pringy, etc. La proportion de sable grossier varie en sens inverse; elle diminue à mesure qu'on s'éloigne des buttes sableuses. Elle passe ainsi de 25 0/0 à Pringy à 75 0/0 dans les sables d'Arbonne. Elle s'élève également là où existaient des courants d'eau qui n'ont pas permis au sable fin et à l'argile de se déposer.

Le calcaire, déjà primitivement en faible proportion, a été dissout et entraîné par les eaux pluviales. Dans certains endroits il n'en reste plus que des traces absolument insuffisantes; en tous cas sa proportion dépasse rarement 0,5 0/0. Cette pauvreté absolue en calcaire est due également à la perméabilité du terrain ; car le calcaire n'est pas retenu par le pouvoir absorbant de la terre.

La proportion d'humus est en rapport avec la teneur des terres en argile, et suit par conséquent, la même progression.

De toutes façons c'est l'élément sable qui domine. Il est donc naturel que les terres qui en dérivent aient les propriétés et les défauts caractéristiques des terrains sableux. En général ce sont des terres légères, très perméables, ayant un faible pouvoir d'imbibition, mais ayant une capacité calorique relativement élevée. Elles se déssèchent rapidement, sont par conséquent commodes à travailler, mais, par contre, les récoltes peuvent souffrir extrêmement de la sécheresse.

Malheureusement les façons culturales ne sont pas toujours suffisantes ni toujours données à propos. Nous nous permettons d'insister sur ce point de haute importance pratique.

Pour que, pendant les mois de sécheresse, la terre contienne encore une quantité d'eau suffisante, il nous faut atteindre deux buts : 1° il faut que nous accumulions dans nos sols, pendant la saison des pluies, la plus grande quantité d'eau que la terre puisse contenir par imbibition, et 2° il faut que nous conservions cette eau, véritable richesse pour ces sols, le plus longtemps possible, et que nous ne la donnions aux plantes, que selon leurs besoins.

Les façons culturales sont dès lors indiquées.

Tout d'abord pour atteindre le premier but : faire passer la déchaumeuse le plus tôt possible (se reporter au chapitre des propriétés physiques du sol) ; ensuite, il est indispensable de donner le labour principal avant l'hiver, aussi bien pour la betterave que pour la pomme de terre et l'avoine. C'est une pratique essentielle, qui est malheureusement négligée faute de soins ou faute de temps, mais le résultat n'en reste pas moins le même.

Les hersages suivront de façon à amener la terre dans un tel état de finesse, qu'elle pourra absorber la plus grande quantité d'eau que la nature et la proportion de ses éléments lui permettent de retenir. C'est maintenant cette richesse qu'il s'agit de ne pas gaspiller.

Au printemps, les premières sécheresses sont à craindre, surtout pour les jeunes plantes. Le roulage, en tassant la terre, aura entre autres buts, de faire remonter des couches inférieures par capillarité une certaine quantité d'eau. A ce moment les fortes chaleurs ne sont pas à prévoir, et les pertes d'eau par évaporation sont peu sensibles. Il n'en serait plus de même pendant la saison chaude ; si nous laissions les terres en cet état, l'ascension continuelle de l'eau à la surface pouvant se produire, l'évaporation intense, surtout lorsque les plantes ne sont pas assez élevées pour protéger le sol contre les rayons du soleil, ne tarderait pas à faire disparaître les dernières réserves d'humidité du sol et du sous-sol.

Il est donc absolument nécessaire que les façons culturales se terminent par des hersages légers, qui, brisant la croûte superficielle, en détruisant la continuité et empêchent ainsi les phénomènes capillaires de porter l'eau jusqu'à la surface d'évaporation. Ces derniers hersages sont absolument comparables aux binages pour les betteraves; ils interposent un véritable écran entre les couches humides du sol et les rayons ardents du soleil. Il est donc de toute importance de ne point les négliger. Les derniers hersages sont encore rendus nécessaires, principalement dans les Eboulis, par suite du défaut de ces terres de se «taper», défaut provenant d'un excès de sable fin et du manque d'argile; cette croûte, qui devient très dure, produit les mêmes effets qu'un roulage énergique; c'est elle qui permet aux réserves d'eau du sol et du sous-sol de remonter à la surface et de disparaître par évaporation. Il faut à tout prix la détruire par des hersages légers.

Au point de vue géologique, les Eboulis reposent en grande partie sur le Travertin inférieur de Brie ; cependant dans les régions avoisinantes des sables de Fontainebleau il est resté une couche plus ou moins épaisse de sable, interposée entre ces Éboulis et ce Travertin inférieur. Mais ces terrains géologiques sont quelquefois à plusieurs mètres de profondeur, et ont alors peu d'influence sur la végétation.

Ce qui nous importe le plus, au point de vue agrologique, c'est la nature et la composition du sous-sol proprement dit, car ses propriétés peuvent augmenter ou neutraliser les défauts et les qualités de la terre arable, suivant qu'elles sont comparables ou opposées aux propriétés du sol. C'est ainsi que l'excès de perméabilité des Eboulis peut être compensé dans une certaine mesure par une couche plus ou moins épaisse de sable rouge, un peu argileux, agglutinés par de l'oxyde de fer, et qui se rencontre ordinairement dans le sud et le sud-ouest du Canton, à une profondeur variable ou même en mélange avec la terre arable. Lorsque l'argile rouge des meulières de Brie se trouve à environ un mètre de profondeur (région d'Orgenoy et de Pringy), la terre arable jouit de propriétés physiques excellentes, si cet argile à meulière ou un banc de sables argileux verdâtres se rencontre à moins de 0,40, elle nécessite souvent le drainage, ou tout au moins l'assainissement (Villiers, Perthes, Cély). Le plus souvent la proportion d'argile augmente avec la profondeur ; il y aurait donc grand intérêt à ce que l'eau puisse pénétrer facilement dans le sous-sol, qui pourrait ainsi retenir de grandes réserves d'humidité. C'est une amélioration foncière des plus importantes pour l'agriculture du canton, mais elle exige quelques sacrifices. Elle se traduit par : Augmentation de la profondeur des labours, et Ameublissement du sous-sol.

L'augmentation de la profondeur des labours ne doit jamais se faire d'un seul coup, en se servant de charrues défonceuses, qui enterrent le bon sol et ramènent à la surface le sous-sol souvent de qualité inférieure. Nous pourrions citer à ce sujet quelques exemples malheureux. Au contraire, cette amélioration importante doit se faire petit à petit, en augmentant de trois à quatre centimètres. par exemple, tous les trois ans, six, neuf, à [douze la profondeur moyenne des anciens labours. Elle exige par conséquent de six, neuf à douze années, et nécessite pendant ce temps un apport plus élevé de principes fertilisants. Mais les plus-values des récoltes et de la valeur foncière compensent largement les sacrifices qu'on s'est imposé.

L'ameublissement du sous-sol est obtenu au moyen de charrues fouilleuses qui suivent la charrue ordinaire. La fouilleuse peut ameublir le sous-sol jusqu'à 40-50 cent. Elle a l'avantage de ne pas retourner le sous-sol, par conséquent de ne pas le mélanger aux couches supérieures enrichies par les fumures. Il est évident que ces améliorations doivent être pratiquées, autant que possible avant l'hiver. Une terre qui a reçu ces améliorations foncières résiste beaucoup plus longtemps à la sécheresse ; en outre, l'oxygène de l'air pénétrant dans les couches profondes, amène les principes fertilisants à un état beaucoup plus assimilable, qui augmente d'autant la valeur culturale des terres. Le système radiculaire des plantes se développe beaucoup plus facilement ; les racines peuvent ainsi embrasser un volume beaucoup plus considérable de terre, et descendre plus avant pour puiser l'humidité des couches profondes.

PROPRIÉTÉS CHIMIQUES DES ÉBOULIS

La composition chimique des Eboulis n'est pas tout à fait uniforme dans toute l'étendue du Canton, et leur valeur culturale est généralement en rapport avec la proportion d'argile qu'ils contiennent. Nous avons vu que le sable et l'argile ne jouissent pour ainsi dire pas de propriétés chimiques; ils fournissent simplement une partie de la silice et de la potasse. Au contraire, le calcaire par ses fonctions multiples est de première importance. Or les Eboulis, en général, n'en contiennent que des quantités absolument insuffisantes. Sur 65 échantillons prélevés dans les Eboulis, 1 seulement renferme plus de 0,5 pour cent de calcaire, 12 en contiennent de 0,2 à 0,5 0/0, et 52 sont inférieurs à 0,2 0/0; encore sur ces derniers, 31 peuvent être considérés comme n'en contenant que des traces. Dans ces conditions, l'apport d'un amendement calcaire est de toute nécessité; c'est heureusement une amélioration des plus faciles et des moins coûteuses.

La nitrification peut avoir une certaine intensité dans les terres des Eboulis, à condition qu'elles renferment une humidité suffisante. Il est fort probable qu'elle est tout au moins entravée dans les sols où le calcaire fait défaut.

Le pouvoir absorbant des Eboulis est relativement faible; il est en rapport avec la proportion d'argile et d'humus qu'ils renferment. Comme dans toutes les terres, les nitrates et le calcaire ne sont pas retenus, mais ici, à cause de l'extrême perméabilité, ils disparaissent plus facilement. Nous avons vu que les sels ammoniacaux et potassiques ne sont retenus qu'à la condition de trouver dans le sol du calcaire, qui leur permette de se transformer en carbonate d'ammoniaque et en carbonate de potasse. Or, si le calcaire fait défaut, les pluies les entraînent dans le sous-sol; ils peuvent être ainsi donnés avec pertes, principalement dans les terres où la proportion d'argile et d'humus est peu élevée.

COMPOSITION PHYSIQUE ET CHIMIQUE. — RESSOURCES NATURELLES

Nous pouvons dire, mais en général, que les Eboulis se caractérisent par leur pauvreté aussi bien en chaux et en acide phosphorique qu'en potasse et en azote. Leur composition chimique varie suivant la progression déjà citée, puisqu'elle est en rapport avec la proportion d'argile et d'humus; par conséquent, elle augmente en général à mesure qu'on s'éloigne des buttes sableuses pour atteindre son maximum dans les plaines d'Orgenoy et de Pringy. Voici en effet la composition moyenne des terres analysées.

ANALYSE PHYSIQUE

	Terre fine p. 1000	Terre complète p. 1000
Cailloux	»	peu
Gravier	»	peu
Sable grossier	400 à 600	400 à 600
Sable fin	300 à 500	300 à 500
Calcaire	1 à 3	1 à 3
Argile	80 à 120	80 à 120
Humus	1 à 5	1 à 5

ANALYSE CHIMIQUE

	Terre fine p. 1000	Terre complète p. 1000
Azote	0,5 à 0,9	0,5 à 0,9
Acide phosphorique	0,3 à 0,55	0,3 à 0,55
Chaux	Traces à 3,0	Traces à 3,0
Potasse	0,4 à 0,9	0,4 à 0,9

D'après ces analyses, les terres d'Eboulis rentrent dans la catégorie des terres réputées pauvres en azote, en acide phosphorique et en potasse ; du reste, en général, l'observation culturale et la pratique justifient l'analyse. Par conséquent, nous devons être convaincus de la nécessité d'améliorer ces terres, et de leur fournir, sous forme d'engrais et d'amendements, le complément de principes fertilisants indispensable pour obtenir des récoltes abondantes et rémunératrices.

AMÉLIORATIONS. — EMPLOI DES ENGRAIS

Nous pouvons combattre avantageusement la pauvreté et les défauts de ces terres par trois grandes améliorations que nous traduirons par : Apport d'un amendement calcaire, Culture raisonnée des Légumineuses, Emploi rationnel des engrais.

Amendements calcaires. — Nous savons que les terrains légers sont moins exigeants en calcaire que les terres fortes, mais ici la proportion de calcaire, lorsqu'elle ne fait pas défaut, est réellement beaucoup trop faible pour que nous puissions nous passer d'un apport d'amendements calcaires.

Nous avons vu dans un chapitre précédent le rôle important joué par le calcaire, et quelle était son heureuse influence sur les propriétés physiques et chimiques des terres et sur la végétation. Or il existe des terroirs entiers qui en sont à peu près dépourvus, et la non réussite des fourrages, la mauvaise qualité des céréales, la déperdition de certains principes fertilisants, normalement retenus, une nitrification irrégulière, etc., sont dus certainement à l'insuffisance de cet élément nécessaire.

A quelles sources allons-nous pouvoir nous procurer avantageusement les amendements calcaires ? Il en existe plusieurs :

1° *Les Ecumes de défécation de la sucrerie de Ponthierry.* — Elles sont obtenues en précipitant par un courant d'acide carbonique la chaux qui a servi à précipiter les matières organiques qui entravaient la cristallisation du sucre. Leur composition moyenne est la suivante : 40,50 0/0 d'eau, 40 0/0 de calcaire, 2 0/0 de phosphate de chaux et 0,4 0/0 d'azote. La matière étant très chargée d'eau ne doit pas subir des frais de transport trop onéreux. Son épandage doit être fait régulièrement ; cela est d'autant plus facile que les écumes sont plus sèches.

2° *Les Sables calcaires d'Arbonne.* — Ils sont composés d'un précipité de carbonate de chaux, tenu tout d'abord en dissolution dans les eaux à l'état de bicarbonate qui ont traversé le Calcaire de Beauce. Au contact des eaux lacustres, moins chargées d'acide carbonique, le carbonate de chaux s'est précipité et s'est déposé en même temps que les sables siliceux de Fontainebleau, charriés par les mêmes eaux. En définitive, ce sont des sables siliceux, contenant une proportion plus ou moins élevée de calcaire précipité, qui varie de 30 à 50 0/0. Dans quelques parties ce calcaire a été rendu inutilisable par des dépôts de silice, qui ont eu pour effet de le durcir. Le gisement est important et couvre presque entièrement les lieux dits du Bois et de la Plaine de Baudelut. L'exploitation en est très facile, car ce banc se trouve à peu de profondeur de la surface.

3° *Terres calcaires.* — De chaque côté de la rivière de Rebais, depuis l'échantillon n° 72 jusqu'au village de Cély, se sont déposées des alluvions modernes riches en calcaires, de 15 à 30 0/0, ainsi qu'en azote, de 0,12 à 0,50 0/0. Le plus souvent on rencontre, avant d'arriver à l'argile, une couche plus ou moins épaisse de calcaire blanc, dosant de **70 à 90 0/0** de calcaire très friable, qui augmente d'autant la proportion de carbonate de chaux et qu'on devra mélanger régulièrement avec la terre. Leur exploitation devra se faire par tranches verticales, pendant la belle saison, et la terre sera mise en réserve jusqu'au moment de son emploi. Ces terres sont un amendement de premier ordre, car, en plus du calcaire, elles apportent une quantité respectable d'azote et d'humus.

4° *Marnes vertes.* — Au sommet de l'argile verte, on rencontre souvent des couches de calcaire marneux, peu épaisses, irrégulièrement disposées et comprises entre des couches d'argile pure. Ces couches calcaires sont trop peu importantes pour justifier l'exploitation active qu'on en a faite autrefois, si les cultivateurs n'avaient compris la nécessité absolue du marnage, les autres gisements calcaires n'étant n'étant pas encore connus.

La proportion de calcaire y est trop faible (en moyenne 10 0/0), et la proportion d'argile y est trop élevée pour qu'il y ait avantage à les exploiter aujourd'hui.

5° *Sources diverses.* — Enfin on trouve le calcaire dans le poussier de chaux, dans les résidus de papeterie, dans certains engrais, tels que les phosphates naturels, scories (40 0/0 de chaux), etc.

Quelles quantités de ces amendements allons-nous répandre sur les Eboulis ? Nous savons qu'une des propriétés des amendements calcaires est d'ameublir les terres. Or comme les terres d'Eboulis sont plutôt trop meubles, de plus comme elles sont très perméables, il faudra ne leur donner que de petites quantités d'amendements, que nous renouvellerons plus souvent. Les écumes de défécation, ainsi que les terres calcaires d'alluvions, peuvent être employées à raison de 15 à 20 mètres cubes par hectare, qu'il est avantageux de renouveler tous les 9 ou 12 ans.

Les sables calcaires d'Arbonne peuvent être répandus à raison de 10 à 15 mètres cubes par hectare, selon leur richesse en calcaire, de même renouvelables tous les 9 ou 12 ans.

On peut répandre ces différents amendements soit en tête d'assolement, soit entre blé et avoine, mais autant que possible avant l'hiver. Nous rappelons que les marnes des glaises vertes pures doivent être rejetées.

Il ne faut en aucun cas dépasser les quantités indiquées ci-dessus, car l'opération pourrait devenir nuisible jusqu'à un certain point.

Les effets des amendements calcaires se feront principalement sentir sur les fourrages, c'est-à-dire indirectement sur toutes les récoltes.

Comme le calcaire met en circulation une partie de la potasse, utilisée principalement par les fourrages, les betteraves et les pommes de terre, il est nécessaire d'augmenter les doses d'engrais potassiques pour les récoltes qui suivent, principalement dans les sols où la potasse assimilable fait défaut; la maladie des betteraves, constatée dans certaines exploitations est due à l'appauvrissement en potasse.

Culture des Légumineuses. — Nous rappelons que les Légumineuses sont appelées à rendre de grands services aussi bien par leur utilisation directe que par les propriétés améliorantes qu'elles communiquent aux sols. Ce sont les seules plantes de grande culture qui peuvent assimiler l'azote de l'air; par conséquent elles sont très précieuses pour augmenter économiquement la richesse des sols, et pour entretenir le stock d'azote organique. De plus, par la puissance de pénétration de leurs racines, elles ameublissent le sous-sol, elles peuvent utiliser ses ressources naturelles, tout en les ramenant à la portée des autres plantes.

L'azote assimilé par les Légumineuses est transformé en azote organique.

Nous n'avons donc pas à nous préoccuper d'un apport quelconque d'azote, et nous commettrions une grosse faute si, comme nous l'avons vu faire souvent, nous fumions un champ qui doit recevoir une Légumineuse.

Tout l'azote organique contenu dans les racines de ces plantes est laissé en réserve et mis à la disposition des récoltes suivantes. Ce gain d'azote, obtenu gratuitement, est loin d'être négligeable ; c'est ainsi que les racines d'une bonne récolte de luzerne peuvent contenir de 150 à 200 kil. d'azote organique, représentant l'apport en azote de 40.000 à 50.000 kil. de fumier, ayant une valeur de 150 à 200 fr.; une récolte de sainfoin laisse dans le sol une centaine de kil. d'azote (25.000 kil. de fumier), etc. Cela vaut la peine d'y songer, et nous devons en tenir grand compte. Mais si les Légumineuses peuvent se développer dans des sols presque dépourvus d'azote, par contre, elles sont très exigeantes en chaux et en potasse. Si elles prennent difficilement dans les terres d'Eboulis, et si elles ne donnent que des récoltes insuffisantes, c'est précisément à cause du manque de chaux et de potasse (voir le tableau des analyses). Par conséquent, si nous voulons obtenir de bons fourrages, *il est indispensable tout d'abord d'apporter aux terres un amendement calcaire et de leur donner des doses élevées d'engrais potassiques et phosphatés.*

Il y aura avantage à mélanger à ces derniers une égale quantité de plâtre, qui favorisera l'action des engrais, et apportera une certaine dose d'acide sulfurique nécessaire à l'alimentation des plantes.

Par les amendements calcaires et la culture raisonnée des Légumineuses, nous améliorerons considérablement les propriétés physiques et chimiques de nos terres, tout en apportant le calcaire et l'humus nécessaires, et en enrichissant économiquement le stock foncier d'azote organique.

EMPLOI RATIONNEL DES ENGRAIS

La nature et les quantités d'engrais à employer sont indiquées par la composition et les propriétés physiques et chimiques des terres d'Eboulis.

Engrais azotés. — Etant données la faculté de nitrifier de ces sols, leur perméabilité, et leur faible pouvoir absorbant, il faut choisir parmi les engrais azotés ceux qui pourront s'accommoder le mieux de ces conditions pour produire les meilleurs effets sur la végétation ; également, il faut savoir les appliquer en temps utile.

Le nitrate de soude n'étant pas retenu par le pouvoir absorbant ne devra jamais être donné qu'au printemps. Son action est immédiate, mais limitée, s'il survient des pluies abondantes. Il ne doit être donné dans les terres d'Eboulis que pour satisfaire les besoins excessifs et momentanés d'une plante en azote.

Le sulfate d'ammoniaque est retenu par le pouvoir absorbant, mais sa nitrification peut être rapide, alors il se comporte comme le nitrate. Sa nitrification commence, lorsque l'humidité est suffisante, au-dessus de 5°, elle atteint son maximum d'intensité à 37°, et cesse à partir de 55°. Le sulfate d'ammoniaque, répandu à l'automne, peut trouver des conditions de température et d'humidité suffisantes pour nitrifier quelquefois la presque totalité de son azote ammoniacal ; s'il survient un hiver pluvieux, tout cet azote nitrique pourra être entraîné par les eaux d'infiltration, et sera ainsi perdu pour la végétation. Le blé sera superbe durant tout l'hiver, mais au moment du tallage il ne trouvera plus dans le sol des quantités suffisantes d'azote nitrique assimilable, commencera à jaunir, et languira de plus en plus.

En général, à la sortie de l'hiver, tout l'azote nitrique provenant d'une partie, ou quelquefois même de la totalité du sulfate d'ammoniaque a été entraîné par les eaux. De plus, si au moment du tallage le temps est froid et pluvieux la nitrification ne sera pas suffisamment active pour satisfaire les exigences de la plante. En résumé, nous pouvons dire qu'avec l'emploi exclusif du sulfate d'ammoniaque, nous dépendons des conditions atmosphériques, ce qu'il faut éviter autant que possible.

En définitive, nous ne donnerons au blé à l'automne qu'une faible partie de la fumure azotée que nous lui réservons ; le reste sera donné au printemps, pendant le tallage, au plus tard fin mars, sous forme de nitrate de soude, qui agira immédiatement, et de sulfate d'ammoniaque, qui servira de réserve pour la floraison et la maturité.

Le sang et la viande desséchés conviennent parfaitement pour les Eboulis. Leur nitrification étant plus lente et par conséquent plus régulière, ils pourraient être donnés en une seule fois à l'automne pour le blé d'hiver, et au printemps pour l'avoine et le blé de mars, mais toujours avec un complément de nitrate pour le tallage. Mais le prix du kilogramme d'azote (1,85 fr.) est encore trop élevé par rapport au prix du kilogramme d'azote (1,47 fr.) du sulfate d'ammoniaque.

L'application du fumier au blé d'hiver, quelquefois nécessaire, mais non à conseiller, donne des résultats qui dépendent des conditions atmosphériques. Une faible partie de l'azote est immédiatement assimilable, le reste est dans un état de décomposition plus ou moins avancé, et par conséquent demandera pour se nitrifier un temps plus ou moins long. Les conditions de température et d'humidité influent considérablement sur cette nitrification, et pour se mettre à l'abri soit d'un printemps froid, soit d'un été trop chaud, il faudra calculer la quantité de fumier de façon à pouvoir donner au moment du tallage un léger complément de nitrate, principalement après un hiver pluvieux, et si la température est relativement basse.

Engrais phosphatés. — L'acide phosphorique est énergiquement retenu dans le sol, par conséquent nous n'avons pas à craindre de pertes sensibles. Nous donnerons la préférence aux engrais dont l'acide phosphorique assimilable nous est livré au meilleur prix : superphosphates minéraux et scories Thomas. Nous connaissons la composition de ces engrais et la façon dont ils se comportent dans les sols. Dans les Eboulis, qui contiennent peu d'humus, les superphosphates demanderont un temps plus long pour rendre leur acide phosphorique tribasique assimilable; les scories encore davantage. Par conséquent, il ne faudra pas craindre de les répandre le plus tôt possible, avant l'hiver. On les enterrera par un coup de herse ou de scarificateur après les avoir laissés quelque temps à la surface.

Les scories ne doivent jamais être mélangées avec le sulfate d'ammoniaque ; les superphosphates ne doivent être mélangés au nitrate que peu de temps avant leur emploi.

Engrais potassiques. — Nous savons que la potasse est énergiquement retenue dans les sols qui contiennent en proportion suffisante le calcaire et l'humus. Mais dans les terres d'Eboulis qui ne renferment que des traces de calcaire, et qui n'ont qu'un faible pouvoir absorbant, il peut se produire quelques pertes en potasse. Par conséquent, il sera préférable de ne donner les engrais potassiques que pour chaque culture à la fois. C'est le chlorure de potassium qui nous livre le kilogramme de potasse au meilleur prix, mais son application nécessite quelques précautions essentielles. Nous rappelons tout d'abord que tous les engrais potassiques doivent être répandus bien avant les semailles. Dans les sols contenant suffisamment de calcaire le chlorure de potassium se transforme d'une part en carbonate de potasse, qui est retenu par le pouvoir absorbant, et d'autre part, en chlorure de chaux nuisible aux plantes, qui doit être éliminé du sol par les eaux d'infiltration avant que les semences ne soient répandues. Il est donc par conséquent nécessaire de le donner à une époque où les pluies pourront l'entraîner avec elles. Au contraire, si cette dernière condition ne peut être réalisée, ou si le sol est dépourvu de calcaire, il est nécessaire de remplacer le chlorure par du sulfate de potasse, celui-ci étant moins soluble, et donnant naissance à du sulfate de chaux utile aux plantes par son acide sulfurique.

Les engrais potassiques seront en général mélangés aux engrais phosphatés, et seront donnés aux terres dans les mêmes conditions.

Après avoir déterminé la nature des engrais qui conviennent particulièrement aux Eboulis, quelles quantités de ceux-ci allons-nous donner aux diverses cultures?

Ces quantités dépendent de nombreux facteurs, dont il est souvent difficile d'apprécier les influences directes et indirectes. Il y a lieu d'examiner tout d'abord :

1º La richesse foncière du sol en principes fertilisants donnée par l'analyse, ainsi que l'épaisseur de la terre végétale, la nature du sous-sol.

2º L'état plus ou moins assimilable de ces principes, en tenant compte des propriétés physiques et chimiques de la terre.

2º Des antécédents culturaux du champ, c'est-à-dire la nature des plantes qui s'y sont succédées depuis quelques années, en tenant compte de leurs exigences en principes fertilisants, de leur aspect, de leurs qualités ou de leurs défauts, de leur rendement, etc.

4º Enfin les exigences en principes fertilisants de la plante qu'on doit cultiver, exigences qu'il faut évaluer non seulement en quantité, mais aussi en tenant compte de l'époque et de la durée pendant lesquelles elles se manifestent. Il faut se rappeler que : « Plus la marche d'absorption sera rapide, plus aussi dans un sol donné il y aura nécessité de fumer fortement. Si au lieu d'être régulière, elle se localise en certaines périodes, il en résultera un besoin d'engrais d'autant plus fort que la période sera plus courte. »

Les plantes ont chacune des préférences pour tel ou tel principe fertilisant, qu'elles peuvent absorber relativement en grandes quantités. Si chaque année on cultivait la même plante sur le même champ, ce ou ces principes s'épuiseraient beaucoup plus rapidement que les autres, qui, de ce fait, ne seraient pas utilisés. Il y a donc intérêt à faire succéder sur le champ des plantes dont les préférences pourront se contrarier, de façon qu'elles puissent donner la meilleure utilisation des principes fertilisants mis à leur disposition par le sol.

Pour cette raison, et aussi pour d'autres d'ordre cultural et économique, on fait succéder sur un même champ une série de plantes plus ou moins variée, mais en général constante, pour une certaine période ; cette série périodique de cultures constitue ce qu'on appelle un *assolement*.

Un assolement rationnel doit tenir compte des ressources naturelles du sol, des conditions économiques de la région, du but particulier de l'exploitation (lait et ses dérivés beurre et fromage, sucre, alcool, fécule, etc.). Autrefois l'assolement le plus répandu était l'assolement triennal : jachère, blé et avoine.

Pour maintenir sa richesse foncière en principes fertilisants, il faut, à la fin de l'assolement, que l'importation de ces principes soit supérieure ou au moins égale à leur exportation par les cultures. Certaines quantités de ces principes sont définitivement exportées par les récoltes ou par les pertes naturelles, et comme les fumiers n'en restituent qu'une partie, il y a nécessité d'apporter le complément sous forme d'engrais chimiques. Quant à l'azote, nous savons que son apport le plus économique est fourni par les légumineuses. Dans l'assolement, leur durée sera d'autant plus longue et leur rotation sera d'autant plus courte que les ressources naturelles du sol seront plus faibles. En tenant compte de toutes ces considérations, nous indiquons les deux assolements qui nous ont paru les meilleurs et les plus avantageux pour la culture dans les terres des Eboulis.

	Premier assolement	*Deuxième assolement*
Première année.	Betterave ou pomme de terre	Betterave ou pomme de terre
Deuxième —	Blé	Avoine
Troisième —	Avoine	Fourrage
Quatrième —	Fourrage	Fourrage
Cinquième —	Fourrage	Fourrage
Sixième —	Avoine ou blé	Avoine ou blé
Septième —	Betterave ou pomme de terre	Betterave ou pomme de terre
Huitième —	Blé	Blé
Neuvième —	Avoine ou blé de mars	Avoine ou trèfle

Le premier assolement, relativement intensif, convient aux terres d'Eboulis réputées supérieures ; le deuxième sera réservé aux terres de qualité inférieure, en voie d'amélioration, qu'il enrichira peu à peu au point de leur permettre le premier assolement.

PREMIER ASSOLEMENT

Première année. — Betterave ou Pomme de terre.

Le champ sort généralement d'avoine. Le plus tôt possible on procède au déchaumage. Ensuite, on répand à la pelle l'amendement calcaire que l'on a choisi, et que l'on a eu soin de mettre en réserve et de faire sécher, s'il y a lieu. Cette opération doit se faire par un temps sec ; surtout ne pas dépasser les quantités indiquées précédemment. Les herbes lèveront rapidement ; on en profitera pour donner un coup de herse, qui égalisera l'épandage de l'amendement calcaire.

Avant l'hiver, quand le temps sera favorable, on procédera au labour profond. Cette opération importante s'exécutera au moyen d'une charrue ordinaire, qui fera un labour de 20 à 30 centimètres, selon la profondeur habituelle des anciens labours, en l'approfondissant de 2 à 3 centimètres, et suivie derrière d'une charrue fouilleuse, qui aura pour but d'ameublir et d'aérer le sous-sol jusqu'à 30 et 40 centimètres, tout en le laissant en place. Une très faible partie de celui-ci, généralement plus riche en argile, sera mélangée au sol, dont elle améliorera les propriétés physiques et chimiques ainsi que le pouvoir absorbant. Nous considérons cette opération comme une des améliorations les plus avantageuses pour l'agriculture du canton. Suivant la texture de la terre et les conditions atmosphériques, on donnera une ou plusieurs façons culturales (hersages, crosskillages, scarifiages, etc.). Au commencement de l'hiver on pourra répandre le fumier à raison de 30.000 à 35.000 kil. à l'hectare, au maximum, que l'on enterrera autant que possible par un seul labour, en ayant soin de placer le fumier dans la raie ouverte par la charrue.

Peu de temps avant l'épandage du fumier, on sèmera le mélange des engrais phosphatés et potassiques, à raison de 400 kil. de superphosphate minéral (14 à 16 0/0) et 200 kil. de chlorure de potassium ou de sulfate de potasse, pour betterave fourragère; de 300 à 400 kil. de superphosphate minéral et de 150 à 200 kil. de sulfate de potasse, pour betterave sucrière et pomme de terre. Il sera avantageux d'y ajouter 300 kil. de plâtre (1).

L'application des engrais azotés se fera quelques jours seulement avant les semailles. Nous donnerons un mélange composé de 200 kil. de nitrate de soude et de 100 à 150 kil. de sulfate d'ammoniaque, pour betterave fourragère et pomme de terre ; pour betterave sucrière, 200 kil. de nitrate et 75 à 100 kil. de sulfate (1).

Je ne puis entrer dans l'énumération des soins d'entretien qu'exige la culture de la betterave, mais je crois utile de rappeler qu'il y a nécessité absolue de maintenir la richesse en eau de la terre, en empêchant par des hersages et des binages répétés la surface du sol de se taper et de se durcir (Expérience du sucre en poudre).

De même nous croyons utile de rappeler qu'on ne doit jamais effeuiller les betteraves, ni les faire consommer après la récolte par les animaux, car l'effeuillage est une pratique

---

(1) Les deux chiffres d'engrais que nous donnons généralement correspondent, le plus élevé, aux terres dont l'analyse nous révèle une pauvreté relative en cet élément fertilisant, le plus faible, aux terres relativement riches. Pour fixer les idées, voici la composition moyenne de ces deux types de terre :

	Azote	Ac. phosphorique	Potasse
Terre relativement riche.	0,85	0,50	0,90
— — pauvre	0,70	0,35	0,50

désastreuse pour la betterave, dont elle diminue le poids et la densité, et parce que la valeur fertilisante des feuilles est bien supérieure à leur valeur alimentaire. Elles doivent être uniformément étalées sur le champ aussitôt après la récolte. Les fanes ne devront jamais être brûlées, car c'est un feu de joie qui coûte environ 50 francs par hectare. Elles devront être rapportées à la ferme et incorporées petit à petit au tas de fumier.

Deuxième année. — Blé d'hiver.

Les plantes sarclées, grâce aux nombreuses façons qu'elles exigent, constituent une excellente préparation pour le blé.

Voici les quantités d'engrais que nous lui donnerons :

1° Après betterave, les feuilles ayant été laissées sur le sol : à l'automne, mélange de 50 à 75 kil. de sulfate d'ammoniaque, de 300 à 400 kil. de superphosphate et de 100 à 150 kilogs de sulfate de potasse; au printemps, 100 à 150 kil. de nitrate et 100 à 125 kil. de sulfate d'ammoniaque.

2° Après pomme de terre ou après betterave, les fanes et les feuilles ayant été enlevées : à l'automne, mélange de 75 à 100 kil. de sulfate d'ammoniaque, de 350 à 450 kil. de superphosphate et de 150 à 200 kil. de sulfate de potasse; au printemps, 150 à 200 kil. de nitrate et 125 à 175 kil. de sulfate d'ammoniaque.

Le mélange des engrais d'automne sera répandu le plus tôt possible, aussitôt après l'enlèvement des betteraves. On se contentera d'un labour peu profond, donné au moins trois semaines avant les semailles, et suivi d'un hersage. Il faudra plomber énergiquement, de préférence avec le crosskill, afin que le sol ait repris son assiette avant les semailles.

Nous avons fait connaître les raisons pour lesquelles nous ne donnons au blé, à l'automne, qu'une faible partie de sa fumure azotée, tandis que nous réservons la majeure partie pour le commencement du printemps. Le mélange des engrais azotés de printemps sera donné en couverture, quel que soit l'aspect de la végétation, pendant le tallage du blé, au plus tard fin mars.

Nous rappelons encore que pour conserver l'humidité naturelle de la terre, accumulée pendant l'hiver, il faut avoir soin, aux premières chaleurs, de détruire la croûte superficielle, et de terminer les façons culturales par un hersage léger.

Troisième année. — Avoine (fourrage).

Malheureusement l'avoine est souvent considérée comme une récolte supplémentaire, pouvant au besoin se passer de fumure. Si, en effet, elle peut s'accommoder de faibles ressources, et, comme la pomme de terre, donner une certaine récolte dans des terres pauvres ou épuisées, il n'en est pas moins vrai que c'est la céréale qui sait le mieux profiter et tirer avantageusement parti des avances en engrais qu'on lui donne. On doit se rappeler que ses exigences sont même supérieures à celles du blé, de plus, sa végétation est plus courte. C'est pourquoi nous devons être généreux avec elle. Nous lui donnerons de 125 à 175 kil. de nitrate, de 100 à 150 kil. de sulfate d'ammoniaque, de 300 à 400 kil. de superphosphate minéral ou de scories, et de 150 à 200 kil. de chlorure ou de sulfate de potasse.

Pour les fourrages que nous sèmerons dans l'avoine, et qui lui succéderont pendant deux ou trois années, connaissant leurs exigences principalement en potasse, nous donnerons de 300 à 400 kil. de superphosphate ou de scories, de 300 à 400 kil. de chlorure ou de sulfate de potassium, mais pas d'engrais azotés, puisque ces plantes doivent emprunter leur azote à l'atmosphère. Comme ces engrais ne pourraient être répandus avantageusement sur les fourrages et qu'il n'y a pas de déperditions à craindre, nous les donnerons en même temps que les engrais phosphatés et potassiques réservés à l'avoine.

Ainsi donc, après la récolte du blé on pratique le déchaumage le p us tôt possible. On herse après le fanage des mauvaises herbes. On laisse ainsi le champ jusqu'à ce qu'il soit devenu vert, et, avant l'hiver, on laboure à la profondeur de la terre arable. Quelques jours avant ce labour on aura répandu le mélange suivant : 600 à 800 kil. de superphosphate ou de scories, 400 à 600 kil. de chlorure ou de sulfate de potassium et 400 kil. de plâtre.

Au printemps on herse et on scarifie pour les semailles, qui doivent être faites le plus tôt possible. Les engrais azotés composés d'un mélange de 125 à 175 kil. de nitrate de soude et de 100 à 150 kil. de sulfate d'ammoniaque devront être donnés quelques jours avant les semailles, si la terre est sèche et le temps chaud, mais si la terre est mouillée ou si le temps est pluvieux, il y a avantage à répandre ces engrais azotés quelques jours après la levée, pour ne pas favoriser le développement des mauvaises herbes au détriment de l'avoine. Ces engrais seront enterrés par le prochain hersage,

Comme plantes fourragères de l'assolement nous donnerons la préférence à la luzerne, puis au sainfoin ; le mélange de ces deux légumineuses n'est pas utile. Ces plantes, semées dans l'avoine, trouveront les engrais phosphatés et potassiques qui leur sont nécessaires et qui ont été donnés au champ en même temps que les engrais pour l'avoine. Si, pour une raison quelconque, l'application de l'amendement calcaire n'a pu se faire en tête d'assolement, il y a nécessité de le répandre aussitôt après le déchaumage du blé.

Comme le fourrage pourra souffrir de la sécheresse, nous recommandons de ne pas oublier de le herser en temps opportun pour détruire la croûte superficielle, ameublir la surface du sol (aération), pour déraciner les plantes nuisibles, et pour favoriser le développement des bourgeons. En passant, nous rappelons qu'il ne faut couper la luzerne qu'en pleine floraison, car une coupe précoce affaiblit la force vitale de la plante.

Si le fourrage est bien pris et si l'on a facilité de le faire, on peut le laisser une quatrième année.

Au fourrage artificiel nous ferons succéder une céréale, avoine ou blé d'hiver.

Sixième année. — Avoine ou Blé d'hiver.

Blé. — Après la deuxième coupe, qui doit avoir lieu vers la mi-août, nous laisserons le fourrage se développer encore pendant trois semaines, un mois au plus. A ce moment, mi septembre, on enterrera le gazon, comme engrais vert, par un labour moyen, car un labour trop puissant ne permettrait pas au sol de reprendre son assiette. Ce labour doit être nécessairement fait au moins un mois avant les semailles. On herse et on roule fortement, de préférence avec le rouleau crosskill, pour briser les mottes et bien comprimer le sol. Ensuite on nettoie le champ avec l'extirpateur, on sème sur un scarifiage, et on plombe de nouveau. L'ameublissement superficiel du sol et son tassement par le rouleau brise-mottes sont les bases du succès de l'opération.

Il est nécessaire de donner au blé les principes fertilisants, acide phosphorique et potasse, exportés en abondance par les fourrages. Aussitôt après le labour, avant le hersage, nous répandrons de 300 à 400 kil. de superphosphate minéral et 150 à 200 kil. de sulfate de potasse ; pas d'engrais azotés, la nitrification de l'engrais vert étant sensiblement égale au sulfate d'ammoniaque. Au moment du tallage, si le temps est plutôt froid, et suivant l'abondance de la fumure verte, on pourra donner de 50 à 75 kil. de nitrate, mélangés à 150 kil. de plâtre pour en faciliter la semence.

Avoine. — Si nous procédions ainsi pour l'avoine, étant donnée la rapidité de nitrification des engrais verts, il pourrait se produire pendant l'automne et l'hiver des pertes abondantes en azote nitrique. Vers la mi-septembre, suivant l'abondance du fourrage, il y aura avantage soit à le faire couper, soit à le faire pâturer par les moutons, dont les déjections fourniront un acompte précieux sur la valeur fertilisante du fourrage consommé. Dans les deux cas, on enterrera le regain par un bon labour, donné avant l'hiver, et suivi d'un ou plusieurs hersages. On sèmera l'avoine sur un scarifiage, et on plombera ensuite fortement au crosskill. Nous donnerons à l'avoine les mêmes quantités d'engrais phosphatés et potassiques que pour le blé, mais ces engrais ne seront répandus que vers la fin de janvier, et enterrés par un coup de herse. Au moment des semailles, suivant la température et l'abondance du regain, on donnera à l'avoine de 50 à 100 kil. de nitrate, semé avec 150 kil. de plâtre.

Septième année. — Betterave ou Pomme de terre.

Que le champ sorte de blé ou d'avoine, nous pratiquerons le déchaumage le plus tôt possible. On procède ensuite au labour profond, avant l'hiver, comme il a été dit pour la première année de l'assolement, mais nous ne donnerons que 20.000 à 25.000 kil. de fumier, car il faut utiliser le stock important d'azote organique, qui se trouve dans les racines du fourrage. Nous donnerons les mêmes quantités d'engrais, et nous les répandrons de la même manière que la première année.

Huitième année. — Blé.

Mêmes engrais et mêmes façons que pour le blé de deuxième année.

Neuvième année. — Avoine ou Seigle d'hiver.

Mêmes pratiques culturales que pour l'avoine de troisième année. Nous lui donnerons, pendant l'hiver, de 200 à 300 kil. de superphosphate minéral et de 100 à 150 kil. de chlorure ou de sulfate de potasse ; au printemps, comme il a été dit précédemment, de 100 à 150 kil. de nitrate et de 100 à 125 kil. de sulfate d'ammoniaque.

Seigle. — Si au blé nous faisons succéder un seigle d'hiver, nous devrons comme toujours, pratiquer le déchaumage le plus tôt possible. Le seigle demandant un sol bien ameubli, on donnera un labour moyen au moins un mois avant les semailles, pour que le sol ait eu le temps de reprendre son assiette. On herse, puis on roule fortement avant les semailles.

Voici les quantités d'engrais que nous lui donnerons : quelques jours avant le labour, nous répandrons un mélange composé de 50 à 75 kil. de sulfate d'ammoniaque, de 200 à 300 kil. de superphosphate, et de 100 à 150 kil. de sulfate de potasse ; au printemps, pendant le tallage nous sèmerons de 75 à 100 kil. de nitrate et de 75 à 100 kil. de sulfate d'ammoniaque.

Dans cet assolement les fourrages ne reviennent que tous les sept ans et ne sont seulemet utilisables qu'à certaines époques de l'année. Il y a donc nécessité de pratiquer sur une certaine partie des terres un assolement ayant spécialement pour but l'alimentation du bétail, c'est-à-dire pouvant fournir aux différentes époques de l'année un fourrage abondant et varié. Celui que nous indiquons nous a paru le plus avantageux et le plus rémunérateur.

ASSOLEMENT COMPLÉMENTAIRE

Pemière année	Betterave fourragère
Deuxième —	Blé
Troisième —	Avoine
Quatrième —	Trèfle ou vesce d'hiver
Cinquième —	Seigle
	Vesce velue
Sixième —	Maïs
Septième —	Betterave fourragère
Huitième —	Blé
Neuvième —	Avoine ou trèfle

Les trois premières cultures sont conduites comme celui du premier assolement : amendement calcaire, labour profond, mêmes engrais, mêmes façons culturales, etc.

Quatrième année. — Trèfle.

Cette légumineuse n'est pas exigeante sur la préparation du sol. Le déchaumage de la céréale est donné aussitôt après la moisson. Peu de temps après on répandra le mélange d'engrais, composé de 50 kil. de sulfate d'ammoniaque (simplement pour favoriser le premier développement du trèfle), de 300 à 400 kil. de superphosphate minéral, de 150 à 200 k. de sulfate de potasse et de 300 à 400 kil. de plâtre. On enterre ces engrais par un hersage. Pendant la première quinzaine de septembre, si la terre est saine, on sèmera sur un simple scarifiage ; si le sol est envahi de mauvaises herbes, on donnera un léger labour superficiel avec hersage et roulage avant les semailles. Mêmes soins d'entretien et mêmes recommandations que pour la luzerne.

Cinquième année. — Seigle.

Cette céréale demande un sol bien ameubli. Par conséquent on défrichera le trèfle d'assez bonne heure, afin qu'on puisse donner au sol au moins deux labours. Entre ces deux labours on répandra le mélange suivant : 50 à 75 kil. de sulfate d'ammoniaque, 250 à 350 kil. de superphosphate et 100 à 150 kil. de sulfate de potasse. Quelques jours avant le tallage, selon l'aspect du seigle, et principalement si le temps est relativement froid, on sèmera en couverture de 50 à 100 kil. de nitrate, mélangé à 150 kil. de plâtre.

Vesce velue. — Entre le seigle et le maïs nous pourrons cultiver avantageusement la vesce velue, qui est une légumineuse de premier ordre au point de vue de sa valeur alimentaire. Elle vient avec succès dans nos terres légères siliceuses. Son grand avantage est de pouvoir être récoltée dès la fin d'avril, par conséquent avant tout autre fourrage. Dans les années de sécheresse où les fourrages ont donné des récoltes insuffisantes, cette précocité est donc très précieuse.

Aussitôt le seigle récolté, on donne un déchaumage suivi d'un hersage. Dans la première quinzaine d'août, on répand le mélange suivant : 50 kil. de sulfate d'ammoniaque, 250 à 350 kil. de superphosphate, 150 à 200 kil. de sulfate de potasse et 300 kil. de plâtre, qu'on enterre par un coup de herse. Dans la deuxième quinzaine d'août, on donne un léger labour suivi de la herse et du rouleau. Enfin sur un dernier hersage on sème la vesce, de préférence en ligne. (120 kil. de semence au semoir, et 150 à 175 à la volée.)

La vesce doit être associée à une céréale qui la facilite à s'élever, et l'empêche de se renverser sur le sol et de pourrir. Nous choisirons le seigle qui, dans nos climats, résiste davantage à l'hiver que l'avoine. Pour la vesce d'hiver nous donnerons la préférence au blé, qui, à l'époque de la fauchaison, est meilleur fourrage que le seigle. Ce n'est que dans la seconde moitié de septembre que l'on sèmera le seigle, soit entre les lignes déjà visibles de la vesce, à raison de 80 kil. à l'hectare, soit à la volée, à raison de 100 kil. On enterrera le seigle par un coup de herse. La récolte de la vesce doit se faire de bonne heure, fin avril ou commencement de mai ; en aucun cas on ne doit attendre que la vesce soit en fleur pour moisonner le champ.

Maïs. — Aussitôt que la récolte du seigle-vesce sera terminée, au plus tard vers le 20 mai, on répand sur le sol de 200 à 300 kil. de nitrate, de 75 à 100 kil. de sulfate, de 200 à 300 k. de superphosphate et de 75 à 100 kil. de sulfate de potasse. On enterre par un labour moyen, on herse, et on ensemence en maïs à une époque qui ne doit pas dépasser la première semaine de juin.

Septième année. — Betterave fourragère (demi-sucrière) ou Pomme de terre.

Après le labour profond nous donnerons de 25.000 à 30.000 kil. de fumier, de 200 à 300 kil. de superphosphate, de 100 à 150 kil. de chlorure ou sulfate de potasse, 300 kil. de plâtre, finalement, de 150 à 200 kil. de nitrate et de 100 à 150 kil. de sulfate d'ammoniaque. Nous répandrons ces engrais comme il a été dit pour la betterave en tête d'assolement.

Huitième année. — Blé.

A l'automne, nous donnerons au blé : de 50 à 75 kil. de sulfate d'ammoniaque, de 250 à 350 kil. de superphosphate et de 100 à 125 kil. de sulfate de potasse ; au printemps, nous complèterons la fumure azotée par 150 à 200 kil. de nitrate et 75 à 100 kil. de sulfate d'ammoniaque, semés pendant le tallage, et quel que soit l'aspect du blé.

Neuvième année. — Avoine ou Trèfle incarnat.

Suivant les besoins en fourrage de la ferme, et selon la richesse foncière du champ, nous pourrons choisir pour terminer l'assolement entre l'avoine et le trèfle.

DEUXIÈME ASSOLEMENT

L'avoine sera conduite comme dans la troisième année de l'assolement, et recevra les mêmes doses d'engrais ; le trèfle, comme celui de quatrième année.

Nous avons dit que le premier assolement devait être réservé aux terres d'Eboulis réputées de qualité relativement supérieure. Aux autres terres, sablonneuses, très légères, à éléments grossiers, pauvres, ainsi qu'aux terres ayant peu de profondeur, nous donnerions de préférence l'assolement suivant :

Première année	Betterave fourragère ou pomme de terre
Deuxième —	Avoine (Fourrage)
Troisième —	Fourrage
Quatrième —	Fourrage
Cinquième —	Fourrage
Sixième —	Avoine ou blé
Septième —	Betterave ou pomme de terre
Huitième —	Blé
Neuvième —	Avoine ou trèfle

Dans cet assolement, moins intensif que le premier, le fourrage revient tous les six ans et dure trois années. Nous gagnerons ainsi un gain considérable en humus, qui, tout en nous procurant des plus values sur les récoltes, enrichira notre stock foncier en azote organique, et améliorera sensiblement les propriétés physiques et chimiques, ainsi que le pouvoir absorbant du sol.

Première année. — Betterave fourragère (demi-sucrière) ou Pomme de terre.

Le champ sort généralement d'avoine. Après le labour de déchaumage, on répand l'amendement calcaire aux mêmes doses, et comme il a été indiqué précédemment. On procède également de même pour le labour profond, en tenant compte de la profondeur des anciens labours. Au commencement de l'hiver on répandra de 25.000 à 30.000 kil. de fumier, qu'on enfouit par un seul labour.

Quelques jours avant l'épandage du fumier, on donne le mélange d'engrais suivant : 400 kil. de superphosphate minéral, 150 kil. de chlorure ou de sulfate de potasse et 400 kil. de plâtre. L'application des engrais azotés se fait quelques jours seulement avant les semailles, nous donnerons un mélange composé de 100 kil de sulfate d'ammoniaque et 300 kil. de sang desséché moulu. (Etant données la perméabilité extrême de ces sols et leur rapidité de nitrification, nous devons remplacer le nitrate de soude par le sulfate d'ammoniaque, et celui-ci par le sang desséché, dont la nitrification est plus lente et surtout plus régulière ; ici la différence de prix sera largement compensée par une meilleure utilisation.) Mêmes soins d'entretien et mêmes recommandations.

Deuxième année. — Avoine (fourrage).

Notre terre n'est pas encore suffisamment enrichie pour permettre une culture rémunératrice du blé. Ce n'est que lorsque l'assolement aura été pratiqué une ou deux fois sur le champ, que nous pourrons remplacer l'avoine par le blé. A cette avoine nous donnerons : 300 kil. de superphosphate, 150 kil. de sulfate de potasse, 75 kil. de sulfate d'ammoniaque et 200 kil. de sang desséché. Au fourrage, qui doit lui succéder pendant trois années, nous apporterons : 500 kil. de superphosphate, 400 kil. de sulfate de potasse et 400 kil. de plâtre; pas d'engrais azotés.

Comme nous ne pouvons répandre avantageusement ces engrais sur le fourrage, voici comment nous les donnerons :

Quelque temps avant le labour d'hiver pour avoine, nous sèmerons les 500 kil. de superphosphate, les 400 kil. de sulfate de potasse et les 200 kil. de plâtre ; ces engrais par conséquent seront enterrés par le labour d'hiver. Au plus tard, dans la première quinzaine de février, nous répandrons sur le champ les 300 kil. de superphosphate, les 150 kil. de sulfate de potasse, réservés à l'avoine, et 200 kil. de plâtre. Enfin, quelques jours avant les semailles d'avoine, nous donnerons le mélange indiqué d'engrais azotés, qu'on enterrera par un hersage et un scarifiage, sur lequel on fera les semailles. (Se reporter au blé et à l'avoine du premier assolement).

Comme plante fourragère, nous donnerons la préférence à la luzerne, puis au sainfoin. Ces légumineuses semées dans l'avoine, trouveront dans le sol, à portée de leurs racines les engrais phosphatés et potassiques qui leur sont nécessaires et qui ont été enfouis par le labour à avoine. Si, pour une raison quelconque, l'application de l'amendement calcaire n'a pu se faire en tête d'assolement, il y a nécessité de le répandre aussitôt après la récolte des plantes sarclées.

Sixième année. — Avoine.

Au fourrage artificiel nous ferons succéder de préférence une avoine. !Nous suivrons la marche indiquée dans le premier assolement pour l'avoine de sixième année. A cette plante il est nécessaire d'apporter une partie des principes fertilisants, acide phosphorique et potasse, qui ont été exportés en abondance par le fourrage. Au plus tard dans la première quinzaine de février, nous répandrons : 400 kil. de superphosphate minéral et 200 kil. de sulfate de potasse, qu'on enterre par un hersage. Au printemps pas d'engrais azotés, ou, si l'hiver a été très pluvieux, et si le temps est relativement froid, on pourra se risquer à donner, quelques jours avant les semailles, 50 kil. de sulfate d'ammoniaque mélangés à 150 kil. de plâtre.

Septième année. — Betterave ou Pomme de terre.

Nous procéderons comme il a déjà été dit dans la septième année du premier assolement. Les mêmes engrais et les mêmes quantités qu'en tête de celui-ci ; cependant, si le fourrage a été abondant, on pourra descendre à 200 kil. de sang desséché.

Huitième année. — Blé.

L'amélioration apportée par le fourrage et le stock important d'azote organique contenu dans le sol vont nous permettre la culture rémunératrice du blé. Nous savons que les plantes sarclées, grâce aux nombreuses façons qu'elles exigent, constituent une excellente préparation pour le blé. Voici les quantités d'engrais que nous lui donnerons :

1° Après betterave, les feuilles ayant été laissées sur le sol, à l'automne : 50 kil. de sulfate d'ammoniaque, 200 kil. de sang desséché, 300 kil. de superphosphate et 150 kil. de sulfate de potasse ; au printemps, pendant le tallage, 75 kil. de nitrate mélangés à 150 kil. de plâtre.

2º Après pomme de terre ou après betterave, les fanes et les feuilles ayant été enlevées : 50 k. de sulfate d'ammoniaque, 300 k. de sang desséché, 350 k. de superphosphate et 200 k. de sulfate de potasse; au printemps : 75 k. de nitrate, mélangés à 150 k. de plâtre.

Neuvième année. — Avoine, Trèfle ou Vesce d'hiver.

Ces engrais seront répandus comme il a été dit pour le blé de deuxième année du premier assolement.

Selon les besoins en fourrage de la ferme, et selon la richesse foncière du champ, nous pourrons choisir entre l'avoine, le trèfle ou la vesce d'hiver.

L'avoine sera conduite comme dans la troisième année du premier assolement, mais les quantités d'engrais seront les suivantes : pendant l'hiver, 300 k. de superphosphate minéral et 150 k. de sulfate de potasse ; au printemps, quelques jours avant les semailles : 75 k. de sulfate d'ammoniaque et 200 k. de sang desséché.

Nous donnerons au trèfle et à la vesce d'hiver, comme il a été indiqué dans le premier assolement, 300 k. de superphosphate, 200 k. de sulfate de potasse et 400 k. de plâtre.

Dans cet assolement le fourrage ne revient que tous les six ans, et n'est utilisable qu'à certaines périodes de l'année. Il y a donc nécessité de pratiquer, sur une partie plus ou moins importante des terres, un assolement ayant spécialement pour but l'alimentation du bétail, c'est-à-dire pouvant fournir aux différentes époques de l'année un fourrage abondant et varié. Celui que nous indiquons nous a paru le plus avantageux et le plus rémunérateur,

DEUXIÈME ASSOLEMENT COMPLÉMENTAIRE

Première année	Betterave fourragère (demi-sucrière) ou pomme de terre.
Deuxième —	Avoine (fourrage).
Troisième —	Trèfle ou vesce d'hiver.
Quatrième —	Seigle.
	Vesce velue.
Cinquième —	Maïs, fumé.
Sixième —	Betterave fourragère (demi-sucrière) ou pomme de terre.
Septième —	Blé.
Huitième —	Avoine.
Neuvième —	Trèfle incarnat ou Vesce velue. — Lupin jaune.

Les deux premières années sont conduites comme dans le deuxième assolement (amendement calcaire, labour profond, mêmes engrais et mêmes façons culturales, etc.) Le trèfle est rompu la deuxième année. A la fin de sa première année le trèfle devra être fauché, s'il y a lieu, au plus tard à la fin de septembre, afin qu'il puisse encore taller avant l'hiver, et ne soit pas surpris par les gels. Nous ne donnerons au trèfle que 300 k. de superphosphate, 200 k. de sulfate de potasse et 300 k. de plâtre.

Pour la vesce d'hiver : 300 k. de superphosphate, 150 k. de sulfate de potasse et 300 k. de plâtre. Comme plante de soutien nous préférons le blé au seigle.

Ces engrais seront répandus comme il a été indiqué dans le deuxième assolement.

Quatrième et Cinquième années. — Seigle, Vesce velue et Maïs.

Les cultures du seigle et de la vesce velue sont conduites comme dans le premier assolement complémentaire, et reçoivent les doses maxima d'engrais indiqués.

Aussitôt la récolte de seigle-vesce terminée, au plus tard vers le 20 mai, on sème sur le champ : 75 k. de sulfate d'ammoniaque, 100 k. de superphosphate, et on répand 20.000 k. de fumier bien fait; le tout est enterré par un labour moyen. On herse, et on ensemence en maïs, à une époque qui ne doit pas dépasser la première semaine de juin.

Sixième année. — Betterave fourragère (demi-sucrière) ou Pomme de terre.

Après le labour profond nous donnerons une fumure de 20.000 à 25.000 k. de fumier, 150 k. de superphosphate, 100 k. de sulfate de potasse et 200 k. de plâtre; finalement au printemps, 100 k. de nitrate et 75 k. de sulfate d'ammoniaque. Nous repandrons ces engrais comme il a été indiqué pour la betterave en tête d'assolement.

Septième et Huitième année. — Blé et Avoine.

Mêmes façons culturales et mêmes engrais que pour le blé de huitième année et l'avoine de neuvième année, dans le deuxième assolement.

Neuvième année. — Trèfle incarnat, Vesce velue. — Lupin jaune.

Pour terminer l'assolement nous pourrons choisir entre le trèfle incarnat et la vesce velue; ces plantes devant être suivies de la culture du lupin jaune.

Trèfle incarnat. — Les semences de cette légumineuse demandent à être répandues sur un sol bien raffermi. Après le déchaumage du blé on se contente, si le sol est propre, de semer le trèfle incarnat sur un simple hersage, si le sol est envahi de plantes parasites traçantes, il faut recourir à un scarifiage ou même à un labour superficiel. Mais si le trèfle incarnat n'est pas exigeant sur la nature du sol et sur sa préparation, par contre, si nous voulons obtenir une bonne récolte dans nos terres légères, mais peu fertiles, il sera nécessaire de lui apporter 50 k. de sulfate d'ammoniaque, 300 k. de superphosphate, 150 k. de sulfate de potasse et 300 k. de plâtre. Ces engrais seront répandus au moins un mois avant les semailles, qui devront être faites, au plus tard, dans la première quinzaine de septembre.

Vesce velue. — Même culture et mêmes engrais que dans le premier assolement complémentaire.

Le mélange trèfle incarnat et vesce velue est avantageux, car la vesce augmente beaucoup les propriétés alimentaires du trèfle incarnat, et lui permet de rester vert pendant plus longtemps. En tous cas, trèfle et vesce seront récoltés, au plus tard, dans la deuxième quinzaine de mai, car il ne faut pas attendre pour commencer la fauchaison que toutes les fleurs soient développées, principalement lorsque l'étendue cultivée correspond à l'alimentation d'un nombre plus élevé d'animaux qu'il n'en existe à la ferme.

Lupin jaune. — Nos sols siliceux, légers mais sains, conviennent particulièrement à cette légumineuse. Cette plante demande un sol bien préparé, propre et ameubli. On sème le lupin jaune, quand les gelées ne sont plus à craindre, c'est-à-dire depuis la première quinzaine de mai jusqu'au 15 juillet. On répand la graine à la volée, à raison de 80 à 120 k. par hectare, qu'on enterre par un hersage léger. Il faut prendre soin de ne pas rouler le sol après la semaille. On ne fauche le lupin qu'une seule fois, quand il a perdu ses fleurs.

Selon les besoins en fourrage de la ferme, on pourra considérer la culture du lupin soit en vue de la production d'un fourrage pour alimenter du bétail, soit en vue de son utilisation comme engrais vert. Dans le premier cas, on ne saurait craindre de lui donner 50 k. de sulfate d'ammoniaque, 150 k. de superphosphate, 100 k. de sulfate de potasse et 200 k. de plâtre.

Les engrais phosphatés et potassiques seront donnés en même temps que les dits engrais pour le trèfle ou la vesce; le sulfate d'ammoniaque et le plâtre seront semés en couverture quelques jours avant les semailles.

Le lupin n'est pas généralement consommé en vert à cause de son amertume. Il est converti en foin, en le laissant huit jours en andains, puis en le mettant en tas de 1 à 1,50 mètre de hauteur. Il est alors donné en mélange avec un foin de trèfle ou de luzerne. Dans les années fraîches on peut compter sur un rendement de 6.000 à 8.000 k. de foin sec par hectare.

Lorsqu'il doit être utilisé comme engrais vert, on pourra encore lui donner 100 k. de superphosphate, 50 k. de sulfate de potasse, 50 k. de sulfate d'ammoniaque et 200 k. de plâtre. On l'enfouit par le labour profond. Dans ce cas, on ne donnera plus à la betterave ou à la pomme de terre qui succède que la moitié ou les deux tiers des engrais azotés précédemment indiqués.

CHAPITRE DEUXIÈME

ALLUVIONS MODERNES (a^2)

Les Alluvions modernes ont été déposées par les rivières, à une époque relativement récente. Leur nature dépend essentiellement de la constitution des terrains dont elles proviennent, et dont les éléments ont été arrachés par les eaux et charriés par les rivières jusqu'au lieu de leur dépôt.

Les Alluvions modernes déposées par la Seine sont sans importance pour nous; nous n'en parlerons pas.

Les Alluvions déposées par les rivières de l'Ecole et du Rebais ont été constituées primitivement par les particules sableuses arrachées aux « Sables de Fontainebleau»; il n'est donc pas étonnant que ce soit l'élément sable qui domine. Au moment des crues, les rivières, débordant, ont déposé sur leurs rives un limon sableux et argileux ; c'est pourquoi la proportion d'argile augmente à mesure qu'on s'éloigne de la source. Quant au calcaire, son dépôt irrégulier et sa proportion très variable tiennent à plusieurs causes.

Le Rebais et l'Ecole reçoivent des eaux de ruissellement et d'infiltration chargées des principes solubles (bicarbonate de chaux, nitrates, chlorures, etc.) contenus dans les terrains traversés ; parmi eux, le calcaire se dépose le premier, Mais si les rives sont perméables, le calcaire ainsi déposé ne tardera pas à disparaître (n° 75), entraîné par les eaux d'infiltration ; si, au contraire, les rives sont imperméables ou reposent sur un sous-sol argileux (argile verte), le calcaire, n'étant plus entraîné, pourra s'accumuler peu à peu (n° 73 et 74), et entrer pour une proportion élevée dans la composition des Alluvions.

L'humus est en proportion variable, généralement assez élevée.

Etant donnée la variété des terres qui composent les Alluvions modernes du Canton sud, nous ne pouvons mieux faire que de les étudier séparément.

1° **Alluvions d'Arbonne.** — Ces terres sont situées à gauche de la route d'Arbonne à Courances. Ici encore c'est l'élément sable qui domine 98 0/0.

La proportion d'argile est très faible. Le calcaire, quand il ne fait pas complètement défaut, est en quantité insuffisante. Il est donc naturel que ces sols aient les propriétés et les défauts caractéristiques des terrains sableux. Ce sont des terres légères, très perméables, chaudes, etc. Elles se dessèchent rapidement, et les plantes peuvent souffrir de la sécheresse.

Les terres de prairie sont riches en azote, mais pauvres en acide phosphorique, en potasse et en chaux. Elles donnent aujourd'hui un foin peu abondant et de mauvaise qualité. Désormais, pour en tirer le meilleur parti, il y aurait lieu de rompre la sole pendant au moins trois ans, en y cultivant, par exemple, une pomme de terre, suivie d'un blé et d'une avoine, qui sera coupée en vert, et qui servira de récolte protectrice.

L'ensemencement devra être fait sur un terrain nettoyé des mauvaises herbes, bien travaillé et en bon état de fumure. Le champ aura été amendé avec les sables calcaires d'Arbonne, à raison de 10 à 15 mètres cubes, renouvelables tous les 12 ans et recevra 500 à 600 k. de superphosphates, ou de scories, 300 à 400 k. de chlorure ou de sulfate de potassium et 400 k. de plâtre, le tout enfoui par un labour ou un scarifiage.

Voici un mélange de graines fourragères pour une prairie temporaire d'une durée de quatre à six ans, qui conviendra avantageusement à ces terres.

Espèces de semence.	Tant 0/0 du semis	Nombre de kil. par hectare
Trèfle des prés.	20 0/0	6,9
Trèfle blanc.	8	1,7
Lupuline.	5	1,7
Fromental.	5	6,5
Ray-grass d'Italie.	5	3,6
Dactyle.	20	12,0
Avoine jaunâtre,	10	5,0
Pâturin des prés.	10	4,0
Fétuque rouge.	10	5,4
Brome inerme.	7	5,7
	100,0 0/0	51,9

La durée de cette exploitation sera en moyenne de cinq années; après quoi, on coupera la sole par trois années de cultures diverses (pomme de terre, blé, avoine) suivies de deux années de « trèfle et graminées », rompues par trois années de récoltes diverses avant de revenir aux cinq années de prairie temporaire. Le mélange suivant de « trèfle et graminées » est à conseiller.

Trèfle rouge 70 0/0, trèfle blanc 15 0/0, ray-grass d'Italie 8 0/0, fromental 7 0/0, soit : 20,2 k. de trèfle rouge, 2,7 k. de trèfle blanc, 4,8 k. de ray-grass et 7 k. de fromental.

Quant aux engrais et aux façons culturales pour les cultures diverses se reporter aux considérations générales indiquées pour les terres d'Eboulis.

2° *Les* **Terres tourbeuses de Baudelu.** — Elles sont constituées par une couche plus ou moins épaisse de végétaux, à un état de décomposition plus ou moins avancé. La meilleure utilisation de cette sorte de tourbe pour l'agriculture de la région serait son épandage sur les terres, comme amendement. Mais cette opération, si elle était autorisée, demanderait des expériences préalables, dont nous reparlerons plus tard.

Pour le moment voici un mélange pour prairie durable qui donnera d'autres résultats que ceux obtenus actuellement :

Espèces de semences	Tant % du semis	Nombre de kil. par hectare
Trèfle bâtard.	10	2,5
Lotier corniculé des marais.	20	4,9
Timothy.	10	3,3
Dactyle.	5	3,5
Fétuque des prés.	5	4,1
Avoine dorée.	5	2,9
Vulpin des prés.	5	2,2
Pâturin des prés.	10	4,0
Fiorin.	10	3,0
Houlque laineuse.	10	4,0
Fétuque rouge.	10	6,3
	100 %	40,7

Bien entendu, on donnera les mêmes améliorations : amendement des terres en calcaire et apport d'engrais phosphatés et potassiques.

3° *Les* **Terres calcaires des prés de Fleury et de Cély.** — Ces terres peuvent être considérées comme le meilleur des amendements calcaires du Canton. Nous en avons déjà parlé à propos des amendements calcaires, et nous y renvoyons le lecteur. Actuellement ces terres sont incultes par le fait du voisinage des arbres et d'une humidité constante, due au sous-sol imperméable constitué par l'argile verte.

4° *La* **Plaine de Saint Germain et les Alluvions de L'École.** — La plaine de Saint-Germain, située au confluent de l'Ecole et du Rebais, est formée par les alluvions des deux rivières. Ces alluvions ne sont pas uniformes de composition, tant dans leur structure physique que dans leur composition chimique. Ces variations tiennent aux différentes vitesses du courant au moment de leur dépôt, et des cultures qui ont dominé sur le champ.

Néanmoins c'est encore l'élément sable qui domine (80 à 90 0/0) ; la proportion d'argile est peu élevée (9 0/0). Quant au calcaire, son dépôt s'est opéré d'une façon irrégulière, et l'on peut trouver des terres moyennement riches en calcaires (n° 76) à côté d'autres, et c'est le plus grand nombre, qui en sont dépourvues.

Les alluvions reposent sur le Travertin de Champigny ; il n'est donc pas étonnant que les eaux disparaissent et que ces sols se dessèchent rapidement. Pour remédier à ce défaut, il sera nécessaire de donner les façons culturales, comme il a été indiqué pour les Eboulis : labour principal avant l'hiver, façons de printemps, etc.

Les alluvions sont généralement riches en azote : 1,3 à 1,6 pour 1000. Plus elles ont porté de fourrages, et plus elles sont riches en ce principe, mais plus aussi elles se sont appauvries en acide phosphorique, en potasse et en chaux.

Dans ces terres la nitrification est très active, et les nitrates disparaissent rapidement ; le pouvoir absorbant y est plûtot faible.

AMÉLIORATION. — EMPLOI DES ENGRAIS

Tout d'abord dans les terres pauvres en calcaire, décelées par l'absence de dégagement gazeux, quand on les jette dans du vinaigre, il y a lieu d'apporter un des amendements calcaires précédemment indiqués. Les terres qui n'ont pas été cultivées en prairies sont moins riches en azote mais, par contre, plus riches en acide phosphorique et en potasse.

Comme toutes ces alluvions sont de composition assez variable, il est difficile d'indiquer un assolement et des fumures d'engrais uniformes. Les cultivateurs devront procéder par tâtonnements, en s'inspirant des principes généraux contenus dans la première partie de la notice et des conseils donnés pour les Eboulis.

Cependant ils devront tenir compte des conseils suivants :

Le fumier ne sera répandu qu'à doses moyennes, au maximum 25.000 à 30.000 kil. à l'hectare.

Les engrais azotés ne seront donnés qu'avec ménagement, à petites doses, sous forme de sang desséché et de sulfate d'ammoniaque, comme il a été indiqué pour les terres pauvres des Eboulis. Le nitrate ne devra être employé que rarement, comme coup de fouet, à dose maximum de 100 kil. à l'hectare.

Les engrais phosphatés et potassiques, variables en quantités suivant les terres et les récoltes seront semés sous forme de scories, de superphosphates minéraux, de chlorure ou de sulfate de potassium ; toujours répandus au moins un mois avant les semailles principalement pour le chlorure.

Dans les parties plus fraîches ou irriguables, cultivées en prairies temporaires, on pourra avantageusement employer le mélange de graines fourragères et l'assolement indiqués pour les prairies d'Arbonne.

CHAPITRE TROISIÈME

LIMONS DES PLATEAUX (a^{1b})

Le Limon des plateaux (commune de Saint-Fargeau), s'est déposé sur le Travertin lacustre de Brie, à peu près à la même époque que les Eboulis. Cette région, qui se continue vers Mennecy et se raccorde aux plateaux de la Brie, était occupée primitivement par la masse épaisse des Sables de Fontainebleau, surmontée du Travertin calcaire de Beauce.

Les mêmes phénomènes d'érosion et de transport, qui ont transformé la partie sud du Canton, ont produit les mêmes effets dans la région nord et sur toute la Brie. Il n'est donc pas étonnant de retrouver çà et là des blocs de meulière supérieure et des grès cliquartz, quelquefois volumineux, appartenant aux terrains supérieurs et qui sont tombés de leur position première par simple affouillement. Nous n'insisterons pas davantage puisque nous avons déjà décrit ces modifications importantes de la surface du sol.

Le Limon des plateaux qui forme la terre végétale est composé d'une couche argilo-siliceuse, formée de sable à grains fins et d'argile ferrugineuse appartenant aux Sables de Fontainebleau et à l'argile de Beauce. On y rencontre, outre les blocs de meulière et les grès cliquarts, quelques silex de la craie, qui sont les seuls minéraux venant d'un peu loin.

Il est évident que dans certains terroirs la décomposition de la roche sous-jacente a contribué à la formation de la terre végétale.

PROPRIÉTÉS PHYSIQUES

La proportion de sable grossier est voisine de 35 0/0 ; celle du sable fin, relativement élevée, atteint 50 0/0. Dans le limon la proportion d'argile est relativement beaucoup plus élevée que dans les Eboulis ; elle oscille entre 15 et 22, tandis que le calcaire est en quantité insuffisante, et même fait souvent défaut.

La composition physique des limons, comparée à celle des Eboulis nous montre, à première vue, que nous avons affaire à des terres jouissant d'une cohésion beaucoup plus grande, par conséquent ayant une perméabilité moindre et un pouvoir absorbant relativement élevé. Les façons culturales indiquées par les Eboulis nous permettront de lutter avantageusement contre la sécheresse ; les parties trop humides seront rendues saines par le drainage. Comme pour les Eboulis, l'augmentation des labours jusqu'à la profondeur nécessaire et suffisante, et l'ameublissement du sous-sol par la fouilleuse sont encore ici les améliorations foncières des plus utiles et des plus avantageuses. Pour les façons culturales d'automne, d'hiver et de printemps, il faut s'inspirer et suivre les conseils donnés pour les Eboulis.

Nous avons dit que le Limon des plateaux reposait sur l'argile à meulières de Brie. Suivant la profondeur de ce terrain, les propriétés physiques de la terre végétale, principalement pour la circulation de l'eau, sont modifiées dans un sens favorable ou non. L'argile à meulières joue le rôle d'éponge, de sorte que, si elle est à peu de profondeur, une terre légère et perméable en bénéficiera, tandis qu'une terre plus forte, déjà un peu froide, en pâtira davantage. Le contraire si l'argile est à une certaine profondeur.

PROPRIÉTÉS CHIMIQUES

Nous avons dit que la quantité de calcaire est peu élevée ; en effet, elle dépasse rarement 0,5 0/0, et il peut se trouver certains terroirs qui en soient dépourvus ; dès lors, il peut en résulter des perturbations dans les propriétés chimiques de la terre. La nitrification se produisant dans des conditions normales peut avoir une certaine intensité, cependant elle est entravée dans les sols où le calcaire fait défaut. Le pouvoir absorbant des Limons est suffisant.

COMPOSITION PHYSIQUE ET CHIMIQUE. — RESSOURCES NATURELLES

Les Limons diffèrent des Eboulis, car, sans atteindre à une richesse réelle, ils leur sont sensiblement supérieurs. Dans cette évaluation, il y a lieu de tenir compte de la profondeur de la terre végétale.

Nous rappelons la composition physique : le sable grossier est voisin de 35 0/0, le sable fin atteint 50 0/0 ; l'argile oscille entre 15 et 21 0/0 ; le calcaire dépasse rarement 0,5 0/0.

L'azote varie entre des limites peu étendues : de 0,8 à 1,1 pour 1.000 ; il en est de même de l'acide phosphorique, de 0,5 à 0,6 ; la potasse est en rapport avec la proportion d'argile, elle descend rarement au-dessous de 0,9, mais peut atteindre 1, 5 et 2, 0 pour 1.000. Ce que nous devons surtout retenir, c'est la pauvreté en acide phosphorique et en calcaire plutôt qu'une teneur moyenne en azote et en potasse. L'échantillon n° 35 et ses dépendances se ressentent du contact des Graviers des hauts plateaux, et peuvent être considérés comme exceptionnels ; leur pauvreté principalement en potasse est manifeste.

AMÉLIORATIONS. — EMPLOI DES ENGRAIS

Comme les Eboulis, les Limons peuvent bénéficier de trois grandes améliorations : Amendement des terres en calcaire, Culture intensive des Légumineuses et Emploi rationnel des engrais.

Amendement calcaire. — Nous prions le lecteur de se reporter au chapitre consacré aux Eboulis ; la question des amendements calcaires s'y trouve suffisamment développée ; nous ne ferons ici que la résumer. Les sources de calcaires les plus économiques, pour la région des Limons, sont fournies par les écumes de défécation ou par les résidus calcaires de papeterie. Entre ces deux produits c'est une question d'analyse et de prix de revient. Ces amendements seront asséchés le plus possible et répandus à la pelle soit en tête d'assolement, soit entre blé et avoine, mais de préférence par un temps sec, peu de temps après la moisson ; ils seront donnés à raison de 20 à 25 mètres cubes au maximum par hectare, dosant 40 0/0 de calcaire ; il y aura intérêt à les renouveler tous les 9 à 12 ans.

Culture intensive des légumineuses. — Nous connaissons les propriétés améliorantes apportées par la culture des légumineuses (voir Eboulis). Mais pour que les fourrages artificiels puissent donner dans les limons des récoltes abondantes, en rapport avec la valeur des terres, il est indispensable tout d'abord de leur apporter un amendement calcaire et de leur fournir des engrais phosphatés et aussi des engrais potassiques ; le plâtre produira également un bon effet.

Emploi rationnel des engrais. — Déterminons tout d'abord la nature des engrais à employer, c'est-à-dire ceux qui donneront les meilleurs effets en rapport avec les propriétés de la terre. Les voici indiqués, sans commentaires :

Engrais azotés : nitrate de soude et sulfate d'ammoniaque ; le sang desséché qui pourrait convenir est à un prix de revient trop élevé.

Engrais phosphatés : superphosphates minéraux et scories de déphosphoration.

Engrais potassiques : chlorure et sulfate de potassium.

Maintenant quelles quantités des différents engrais allons-nous donner aux diverses cultures ?

Tout d'abord rappelons-nous les facteurs qui influent sur cette détermination (voir Eboulis) : richesse foncière, propriétés du sol, antécédents culturaux, fumures précédentes, exigences particulières des récoltes, etc. Ces facteurs influeront sur les chiffres que nous donnons ci-joint, et qui se rapportent à une terre moyenne.

Pour fixer les idées nous indiquons pour les Limons les deux assolements réservés pour les terres d'Eboulis de qualité supérieure, qui, en somme, diffèrent peu des terres de Limons. Ces deux assolements nous paraissent encore ici les meilleurs et les plus avantageux.

Les façons culturales, le mode d'emploi et l'épandage des engrais restent les mêmes que pour les Eboulis ; nous ne donnerons pour les Limons que les quantités d'engrais à employer pour chaque culture de l'assolement. Nous prions le lecteur de suivre les cultures dans le chapitre consacré aux Eboulis.

	Premier assolement	Assolement complémentaire
Première année	Betterave ou pomme de terre	Betterave fourragère ou pomme de terre
Deuxième —	Blé	Blé
Troisième —	Avoine (Fourrage)	Avoine
Quatrième —	Fourrage	Trèfle ou vesce d'hiver
Cinquième —	Fourrage	Seigle ou blé. — Vesce velue
Sixième —	Avoine ou blé	Maïs,
Septième —	Betterave ou pomme de terre	Betterave fourragère ou pomme de terre
Huitième —	Blé	Blé
Neuvième —.	Avoine ou blé de mars	Avoine, trèfle ou vesce d'hiver

PREMIER ASSOLEMENT

Première année. — Betterave ou Pomme de terre.

Dans les limons on peut répandre le fumier à plus forte dose que dans les Eboulis ; cependant il y a intérêt à ne pas dépasser 40.000 kil. à l'hectare, le complément de principes fertilisants nécessaires étant fourni plus avantageusement par les engrais chimiques. Nous supposons pour les quantités d'engrais indiquées une fumure en tête d'assolement de 40.000 kil. à l'hectare.

1° *Betterave fourragère.* — A l'automne, avant l'épandage du fumier : 200 à 300 k. de superphosphate minéral (14-16 0/0), ou de scories (14-16 0/0) 100 à 150 kil. de chlorure de potassium ; au printemps, avant les semailles : 150 kil. de nitrate et 75 à 100 kil. de sulfate d'ammoniaque.

2° *Betterave sucrière ou pomme de terre.* — A l'automne : 150 à 200 kil. de superphosphate ou de scories et 75 à 100 kil. de chlorure de potassium. Au printemps : 100 kil. de nitrate et 75 à 100 kil. de sulfate d'ammoniaque. Mêmes observations pour l'emploi des engrais, l'effeuillage et l'enlèvement des fancs, etc.

Deuxième année. — Blé.

1° Après betteraves, les feuilles ayant été laissées sur le sol, nous donnerons : à l'automne : 50 kil. de sulfate d'ammoniaque, 250 à 300 kil. de superphosphate et 75 à 100 kil. de sulfate de potasse ; pendant le tallage : 100 kil. de nitrate et 75 à 100 kil, de sulfate d'ammoniaque.

2° Après betterave, les feuilles ayant été enlevées, ou après pomme de terre, à l'automne : 75 kil. de sulfate d'ammoniaque, 300 kil. de superphosphate et 100 à 125 kil. de sulfate de potasse ; pendant le tallage : 100 kil. de nitrate et 100 à 125 kil. de sulfate d'ammoniaque.

Troisième année. — Avoine (fourrage).

Pour l'avoine nous donnerons : de 100 à 150 kil. de nitrate avec 75 à 100 kil. de sulfate d'ammoniaque et 300 kil. de scories ou de superphosphate, avec 75 à 100 kil. de chlorure ou de sulfate de potasse.

Au fourrage, qui doit lui succéder pendant deux années, et sur lequel nous ne sèmerons aucun engrais, nous apporterons : de 350 à 400 kil. de superphosphate ou de scories et 100 à 200 kil. de chlorure de potassium, suivant la richesse de la terre en potasse ; pas d'engrais azotés. En additionnant ces quantités pour l'avoine et le fourrage, nous répandrons sur le champ à l'automne : de 600 à 700 kil. de superphosphate ou de scories, de 150 à 300 kil. de chlorure ou de sulfate de potassium et 400 kil. de plâtre ; au printemps, soit avant, soit après les semailles, le mélange d'engrais azoté indiqué.

Aux deux ou trois années de fourrage, nous ferons succéder une céréale : avoine ou blé.

Sixième année. — Avoine ou Blé.

1° *Blé.* — Nous donnerons entre le labour et le hersage (voir Eboulis) : de 250 à 300 k. de superphosphate et de 100 à 150 kil. de sulfate de potasse ; pendant le tallage si on le juge utile : 50 à 75 kil. de nitrate, semés dans 150 kil. de plâtre.

2° *Avoine.* — Mêmes natures et mêmes quantités d'engrais.

Septième année. — Betterave ou Pomme de terre.

Pour utiliser le stock important d'azote organique apporté par le fourrage, nous ne donnerons, comme fumure, que 25.000 kil. de fumier. Nous répandrons les mêmes quantités d'engrais et de la même manière que pour la betterave ou la pomme de terre de première année.

Huitième et Neuvième année. — Blé, Avoine ou Blé de mars.

Il en sera de même pour le blé et l'avoine. Le blé de mars recevra les mêmes engrais que l'avoine.

ASSOLEMENT COMPLÉMENTAIRE

Nous rappelons que cet assolement complémentaire a pour but la production du fourrage pour l'alimentation du bétail ; il doit donc occuper une surface en rapport avec l'importance de ce dernier.

Les trois premières années sont conduites comme dans le premier assolement.

Quatrième année. — Trèfle ou Vesce d'hiver (voir *Eboulis*),

A ces deux légumineuses nous donnerons : 50 kil. de sulfate d'ammoniaque, simplement pour favoriser leur premier développement, 250 à 300 kil. de superphosphate, 100 à 150 kil. de chlorure ou de sulfate de potasse et 300 kil. de plâtre.

Cinquième année. — Blé ou Seigle.

A l'automne, 50 kil. de sulfate d'ammoniaque, 200 à 250 kil. de superphosphate et 75 à 100 kil. de sulfate de potasse ; au printemps, s'il y a lieu : 75 à 100 kil. de nitrate, mélangés à 150 kil. de plâtre.

Culture intercalaire. — Vesce velue (voir *Eeoulis*).

Dans la première quinzaine d'août on répand : 50 kil. de sulfate d'ammoniaque, 200 à 250 kil. de superphosphate, 100 k. de sulfate de potasse et 300 kil. de plâtre.

Sixième année. — Maïs.

Aussitôt la récolte de seigle-vesce terminée, au plus tard vers le 20 mai, on donne au champ : 150 à 200 kil. de nitrate, 75 à 100 kil. d'ammoniaque, de sulfate, 250 à 300 kil. de superphosphate et 50 à 100 kil. de sulfate de potasse.

Septième année — Betterave fourragère (demi-sucrière) ou Pomme de terre.

Après le labour profond nous donnerons 25.000 à 30.000 kil. de fumier, 200 kil. de superphosphate, 75 à 100 kil. de chlorure ou sulfate de potassium et, finalement, 100 à 150 k. de nitrate avec 100 à 125 kil. de sulfate d'ammoniaque. Nous répandrons ces engrais comme il a été dit pour la betterave de première année.

Huitième année. — Blé.

Nous donnerons les mêmes engrais et nous les répandrons comme il a été indiqué pour le blé de deuxième années.

Neuvième année. — Avoine ou Trèfle.

Selon les besoins en fourrage de la ferme, nous pourrons choisir entre l'avoine et le trèfle. L'avoine sera conduite comme l'avoine de troisième année ; le trèfle comme celui de quatrième année.

CHAPITRE QUATRIÈME

ALLUVIONS ANCIENNES (a¹ª)

Les Alluvions anciennes, déposées par la Seine à une époque relativement éloignée, se composent de matériaux arrachés aux terrains traversés par le fleuve dans son cours supérieur. Elles se composent de lits irréguliers de cailloux, de graviers de différents calibres, et de sables plus ou moins grossiers. Les terres qui en dérivent n'ont qu'une faible valeur agricole, tant par les défauts de leurs propriétés physiques que par la pauvreté de leurs ressources naturelles en principes fertilisants.

Composition et propriétés physiques (1). — C'est encore l'élément sable qui domine (95 à 97 0/0). Le sable grossier est très largement représenté (84 à 90 0/0), alors que le sable fin (8 à 12 0/0), et surtout l'argile (2 à 4 0/0), sont en trop faibles proportions pour contrebalancer l'influence exagérée du sable grossier. L'humus est en quantité insuffisante.

Le sable grossier dominant, il est donc naturel que ces sols soient très légers, très perméables et très chauds, d'autant plus que le sous-sol, formé également par les alluvions, possède les mêmes propriétés. Le pouvoir d'imbibition est presque nul, et par conséquent terres et plantes souffrent de la sécheresse.

Les cailloux et les graviers, qui sont en proportion assez élevée, ne font qu'augmenter ces défauts.

Malheureusement ces terres sont à une altitude trop élevée par rapport au niveau de la Seine pour que les racines profondes des plantes puissent descendre jusqu'à la nappe d'eau ; de même les éléments des Alluvions sont trop grossiers pour permettre à cette eau de remonter par capillarité au niveau des racines.

Composition et propriétés chimiques. — Malheureusement encore la composition chimique des alluvions est de même valeur que leurs propriétés physiques. L'azote n'atteint pas 0,5 pour 1.000 ; l'acide phosphorique oscille entre 0,4 et 0,5 ; la potasse descend encore plus bas, 0,16 à 0,20, alors que le calcaire fait le plus souvent défaut.

Le pouvoir absorbant des alluvions est presque nul et les engrais potassiques ne sont

(1) Les descriptions suivantes s'appliquent particulièrement aux alluvions de la boucle de Melun Communes de Dammarie et Melun].

6

que faiblement retenus. Là où le calcaire et l'humidité sont suffisants la nitrification est active; elle est entravée par la sécheresse et par le manque de calcaire.

Amélioration. — Emploi des engrais. — Dans ces conditions l'exploitation forestière est la seule qui convienne normalement à ces terres. Mais là où la division de la propriété ne peut permettre cette exploitation, la culture de la vigne, malgré la situation et l'exposition donnera toujours de meilleurs résultats que la culture proprement dite (voir la troisième partie consacrée à la reconstitution des vignobles). Pour l'exploitation agricole, il nous est difficile de conseiller un assolement et des formules d'engrais attendu que les résultats liés aux conditions atmosphériques, ne répondront pas toujours aux sacrifices imposés. Le plus avantageux est encore l'assolement indiqué pour les terres pauvres et sableuses des Eboulis.

Les façons culturales seront données comme pour les Eboulis, dans le but de retenir pendant l'hiver la plus grande quantité d'eau, et de conserver cette humidité le plus longtemps possible.

Les plantes fourragères légumineuses, qui pourraient améliorer ces sols, ne rencontrent pas dans ces alluvions les deux éléments qui leur sont le plus nécessaires : le calcaire et la potasse. En définitive, avant toutes choses il y a lieu d'apporter un amendement calcaire, poussier de chaux, écumes de défécation, etc. Cet amendement sera répandu à faible dose, mais renouvelé au moins tous tes 6 ou 9 ans.

Les propriétés des Alluvions nous indiquent les natures des différents engrais qu'il est nécessaire de leur apporter.

Le fumier sera encore le meilleur, à condition d'être répandu à faible dose, au maximum 25.000 à 30.000 kil. à l'hectare, et renouvelée le plus souvent possible. La poudrette et les gadoues donneront également de bons résultats. Les engrais chimiques complémentaires seront donnés sous les formes suivantes :

Engrais azotés : Le nitrate sera complètement rejeté. Le sulfate d'ammoniaque le remplacera avantageusement dans ses effets et donnera les mêmes résultats. Le sang desséché sera le seul engrais azoté qui puisse être donné à doses plus élevées. Comme engrais phosphaté nous donnerons la préférence aux superphosphates minéraux ; le sulfate de potasse, moins soluble, sera préféré au chlorure de potassium.

Il est difficile de donner pour chaque récolte les quantités à répandre de ces différents principes, attendu qu'il ne faut pas espérer des rendements élevés. et que le développement d'une plante est lié intimement aux conditions atmosphériques et particulièrement à l'humidité.

Cependant nous pouvons dire, en général, que toutes les cultures exigent l'emploi du sulfate de potasse et du superphosphate. Le sulfate de potasse, répandu un mois avant les semailles, sera donné à raison de 100 à 200 kil. à l'hectare ; les doses de superphosphate, répandu en même temps, pourront varier entre 200 et 400 kil. Pour les engrais azotés on s'inspirera des conseils indiqués dans les deux assolements applicables aux terres pauvres des Eboulis, en tenant compte des fumures précédentes et de l'application du fumier.

Les Alluvions anciennes situées dans les communes de Boissise et de Saint-Fargeau sont comme l'analyse en fait foi, de qualité un peu supérieure aux précédentes, mais les améliorations foncières et culturales ainsi que l'emploi des engrais restent les mêmes.

Les Alluvions sont améliorées par le contact de terrains supérieurs, qui peuvent les recouvrir sur une certaine étendue.

CHAPITRE CINQUIÈME

GRAVIERS DES HAUTS PLATEAUX (p')

Ces terrains ont la même origine, le même mode de formation, et sont composés des mêmes matériaux que les Alluvions anciennes. Leur dépôt à une altitude supérieure de 40 mètres au niveau actuel de la Seine atteste la puissance de l'érosion et l'importance des transformations qu'ont subies ces régions.

Les terres qui dérivent des Hauts graviers sont comparables aux terres issues des Alluvions anciennes.

Cependant la proportion de sable grossier y est moins élevée, alors que la proportion de sable fin et d'argile y est supérieure ; le calcaire fait encore défaut.

Ces proportions différentes des éléments constitutifs du sol modifient heureusement les propriétés physiques de ces terrains. Ils sont moins meubles, ont un pouvoir d'imbibition plus élevé, mais souffrent encore de la sécheresse et restent perméables et chauds.

Malheureusement leur composition chimique est peu différente, sauf pour quelques terroirs, de celle des Alluvions anciennes. Leur pauvreté est manifeste aussi bien en azote qu'en acide phosphorique et surtout en potasse.

Leur meilleure utilisation est encore l'exploitation forestière ; cependant la vigne, mieux située et mieux exposée que dans la plaine, peut donner de bons résultats.

Quant à la culture proprement dite, nous ferons les mêmes observations que pour les Alluvions : mêmes améliorations foncières et culturales, mêmes natures et même mode d'emploi des engrais.

CHAPITRE SIXIÈME

TRAVERTIN SUPÉRIEUR DE BEAUCE (m,)

Ce terrain, qui, au commencement de l'époque quaternaire, recouvrait tout le Canton

Sud et presque toute la Brie, n'est plus aujourd'hui représenté dans le Canton Sud que sur les buttes de Thurelles et de Chalmont (Commune de Fleury).

Les terres qui en dérivent ne sont pas dénuées de ressources ; ce qui explique que la vigne était autrefois cultivée avantageusement. Ils sont aujourd'hui recouverts de bois.

CHAPITRE SEPTIÈME

SABLES DE FONTAINEBLEAU (m,,)

Les îlots et les buttes sableuses que l'on rencontre dans le Canton Sud sont les restes de la puissante formation dite des Sables de Fontainebleau, qui recouvrait tout le Canton et bien au-delà. Ces parties, que l'érosion n'a pu faire disparaître complètement, appartiennent par conséquent au même terrain géologique. Elles doivent avoir la même nature et la même composition puisqu'elles ont eu la même origine et le même mode de formation. Ces îlots sableux, qui font saillie sur la plaine, n'ont pas été, comme les Eboulis, charriés par les eaux quaternaires ; aussi leur composition est sensiblement uniforme.

Il n'en est plus tout à fait de même pour le manteau de terre végétale qui les recouvre, et dont l'origine est quelquefois différente. Ce manteau est le plus souvent constitué par un dépôt d'Eboulis, plus ou moins épais, qui s'est produit dans le lac quaternaire, couvrant toutes les ondulations du fond. C'est pourquoi les proportions de l'argile et du sable fin, restés plus longtemps en suspension que le sable grossier, augmentent, en général, à mesure qu'on s'éloigne de l'ancien rivage.

Composition et propriétés physiques. — C'est ainsi que la proportion d'argile varie de 2,6 à 9,0 0/0 ; que celle du sable fin passe de 25 à 50 0/0, tandis que celle du sable grossier tombe de 70 à 35 0/0 ; le calcaire n'atteint pas 0,5 0/0, et fait le plus souvent défaut. La teneur en humus, toujours très faible, est en rapport avec la proportion d'argile.

Les propriétés physiques des sables sont plus ou moins exagérées, mais néanmoins toutes les terres qui en dérivent sont très légères, très perméables, ont un faible pouvoir d'imbibition et une capacité calorifique relativement élevée. Elles sont faciles à travailler, mais se dessèchent rapidement et peuvent souffrir extrêmement de la sécheresse. Pour y remédier le plus possible, nous leur donnerons les mêmes façons culturales que celles indiquées pour les Eboulis.

Les Sables de Fontainebleau peuvent bénéficier du contact d'une couche de sable rouge, agglutiné par de l'oxyde de fer. Cet oxyde de fer joue le rôle de l'argile. Si cette couche est mélangée avec la terre arable ou si elle se rencontre à une profondeur convenable, au maximum 60 centimètres, les sables pourront mieux retenir l'eau, souffriront moins de la sécheresse et seront de qualité supérieure.

L'augmentation des labours et, s'il y a lieu, l'ameublissement du sous-sol par la fouilleuse sont encore pour les sables des améliorations foncières de premier ordre. Nous ferons pour eux les mêmes observations que pour les Eboulis.

Composition et propriétés chimiques. — Malheureusement, comme les Eboulis, les Sables se caractérisent par leur pauvreté aussi bien en azote et en chaux qu'en acide phosphorique et en potasse. L'azote varie entre des limites peu étendues : de 0,50 à 0,80 pour 1000, en rapport avec la proportion d'argile ; il en est de même de la potasse : de 0,25 à 0,65 ; l'acide phosphorique oscille entre 0,30 et 0,50.

Encore plus que pour les Eboulis, nous devons être convaincu de la nécessité d'améliorer ces terres et de leur fournir sous forme d'engrais et d'amendements le complément de principes fertilisants, indispensable pour obtenir des récoltes plus abondantes et plus rémunératrices.

Lorsque l'humidité et le calcaire sont suffisants, la nitrification est assez active ; elle est entravée par la sécheresse et par le manque de calcaire.

Le pouvoir absorbant est presque nul ; les engrais potassiques ne sont pas intégralement retenus.

Améliorations. — *Emploi des engrais.* — Les Sables de Fontainebleau, ayant la même structure physique et la même composition chimique, et jouissant des mêmes propriétés que les terres pauvres et sableuses des Eboulis, bénéficieront des améliorations indiquées pour celles-ci : amendement des terres en calcaire, culture raisonnée des légumineuses, emploi rationnel des engrais, assolement, etc.

Par conséquent nous prions le lecteur de se reporter à ce chapitre.

L'échantillon n° 116, ainsi que les sols de même valeur avoisinants, situés dans une position particulière et bénéficiant du contact de l'argile à meulière de Brie, font exception dans leurs propriétés physiques et dans leur composition chimique. Leurs ressources naturelles, beaucoup plus élevées que les Sables, et leurs propriétés leur permettent d'être comparées aux Limons des Plateaux ; ils recevront avec avantage les mêmes améliorations foncières et culturales.

CHAPITRE HUITIÈME

TRAVERTIN INFÉRIEUR DE BRIE $(m_{,,,a})$

ARGILE VERTE $(m_{,,,b})$

TRAVERTIN DE CHAMPIGNY (e^3)

Nous réunissons dans ce dernier paragraphe trois terrains de nature géologique différente et bien déterminée : le Travertin inférieur de Brie, l'Argile verte et le Travertin de Champigny. Dans le Canton Sud ces terrains ayant été recouverts par des dépôts postérieurs ne possèdent plus une uniformité type suffisante, qui puisse nous permettre de les étudier séparément, afin d'en tirer des conclusions générales applicables pour chacun d'eux. Les influences locales priment la nature du terrain et varient elles-mêmes dans des limites assez étendues. Quelles sont les causes qui déterminent ces variations dans la nature et dans les propriétés des terres ?

Le Travertin de Brie, l'Argile verte et le Travertin de Champigny occupent à des altitudes différentes le flanc des vallées qui sillonnent le Canton Sud. Les rivières ont elles-mêmes creusé ces vallées aux dépens des terrains sous-jacents. Là le travertin inférieur est seul entamé, plus loin l'argile verte apparaît, enfin, le travertin de Champigny. Ces terrains ainsi mis à nu, occupant les flancs des vallées, ont été dans la suite recouverts par des dépôts, charriés par les eaux de ruissellement et provenant des dépôts supérieurs : Sables de Fontainebleau, Eboulis, Limons des plateaux, etc. De sorte que, suivant l'épaisseur de ces dépôts postérieurs, nous pouvons avoir affaire à des terres végétales provenant en grande partie des terrains supérieurs, et ayant, par conséquent, des propriétés très différentes de celles issues directement de la décomposition du terrain sous-jacent. C'est ainsi que l'argile verte peut être recouverte par un manteau sableux d'Eboulis, dont les propriétés seront fort différentes de celles qu'on pouvait supposer. La séparation peut être moins nette, et les terres de dépôt et celles issues du terrain peuvent agir l'une sur l'autre, et donner naissance à des terres intermédiaires.

Nous connaissons déjà la nature et les propriétés des terrains supérieurs : Eboulis, Sables de Fontainebleau, Limons. Dans les cas où ces terrains formeront exclusivement la terre végétale, nous n'aurons qu'à tenir compte de l'influence du sous-sol pour savoir les améliorations foncières et culturales qui leur conviennent. Il ne nous reste plus à étudier que les propriétés des terres végétales issues exclusivement des terrains géologiques sous-jacents ; nous posséderons ainsi les deux types extrêmes des terres que nous pouvons rencontrer sur ces terrains.

Le Travertin inférieur de Brie n'a pas une composition uniforme dans toute l'étendue du Canton : tantôt c'est l'argile à meulières proprement dite, et tantôt c'est le Travertin silico-calcaire de Brie. Par conséquent la décomposition des deux roches donnera naissance à des terres de nature et de propriétés différentes.

L'argile à meulières formera des terres plutôt fortes, argileuses, peu perméables, où le calcaire fera généralement défaut ; la nitrification sera lente et le pouvoir absorbant élevé. Au contraire, le Travertin silico-calcaire donnera naissance à des terres plutôt légères, siliceuses, perméables, contenant une proportion suffisante de calcaire, nitrifiant rapidement, mais ayant un faible pouvoir absorbant.

Les terres issues de l'Argile verte seront naturellement très argileuses, par conséquent, fortes, imperméables, non aérées, nitrifiant difficilement, mais ayant un pouvoir absorbant très élevé ; elles sont généralement peu calcaires.

Au contraire, le Travertin de Champigny, constitué par une roche silico-calcaire, donnera naissance à des sols légers, assez calcaires, très perméables, peu argileux, nitrifiant très rapidement, mais ayant un faible pouvoir absorbant.

En définitive, ces trois terrains géologiques peuvent donner naissance par leur décomposition à deux sortes de terres végétales : premièrement, à des terres fortes, argileuses, imperméables, en général peu calcaires, issues de l'Argile verte et de l'Argile à meulières de Brie, et deuxièmement, à des terres légères, siliceuses, assez calcaires, imperméables, issues du Travertin silico-calcaire de Brie ou du Travertin de Champigny.

Quelles améliorations allons-nous pouvoir apporter à ces deux sortes de terres ?

Etudions tout d'abord

LES TERRES FORTES

Un échantillon type nous est donné par le n° 156, (commune de Saint-Germain), issu de l'Argile verte. Sa composition physique est la suivante : sable grossier, 52 0/0 ; sable fin, 20 0/0 ; calcaire, 1,7 0/0, et argile, 26,5 0/0. Cette composition serait normale si la proportion d'argile était moins élevée. C'est en effet l'élément qui domine et qui détermine les propriétés du sol. Or nous connaissons les propriétés caractéristiques de l'argile, les défauts et les qualités qu'il communique à la terre : imperméabilité, excès de cohésion, faculté d'imbibition très élevée, retrait, nitrification lente et difficile, pouvoir absorbant élevé, etc. Parmi les défauts, il nous faut retenir tout particulièrement l'imperméabilité et l'excès de cohésion, qui empêchent l'eau et l'air de circuler librement dans la terre végétale qui rendent difficiles les opérations culturales, et nuisent au développement des racines.

La composition chimique de ces terres est assez variable. Celle de l'échantillon type est la suivante : azote, 1,35 0/00 ; acide phosphorique, 0,69 et potasse, 2,12. Cette composition est rationnelle, et nous pouvons dire que ces sortes de terres sont généralement riches en potasse, moyennement riches en azote. mais relativement pauvres en acide phosphorique.

Améliorations foncières et culturales. — Emploi des engrais. — Tout d'abord la première amélioration foncière, celle qui domine toutes les autres, c'est le *drainage*. Il assainit ces terres en faisant disparaître l'excès d'humidité, par suite, facilite la circulation de l'eau et de l'air, favorise ainsi les réactions chimiques, et élève la température du sol. Il ameublit la terre, rend les façons culturales moins pénibles, et donne une latitude plus grande dans le choix des époques. Dans tous les cas la dépense occasionnée par le drainage sera compensée bien au-delà par la plus-value des terrains drainés et par l'excédent des récoltes. Pour l'exécution d'un plan de drainage, il est préférable de s'adresser à un spécialiste. On peut évaluer la dépense moyenne d'un hectare à 250 francs.

La proportion de calcaire est très variable ; elle peut s'élever jusqu'à 5 0/0, et très rarement 10 0/0, mais le plus souvent elle ne dépasse pas 2 0/0, et souvent même peut faire complètement défaut. Dans les terres fortes il est nécessaire que la proportion de calcaire soit plus élevée que dans les terres légères, pour être de même ordre ; il faut qu'elle dépasse au moins 3 0/0. Lorsque l'analyse révèlera une proportion inférieure, il y aura avantage à donner un des amendements calcaires indiqués précédemment.

Ceux-ci amélioreront les propriétés physiques, précisément en ameublissant les terres, ainsi que les propriétés chimiques, en accélérant la nitrification des matières organiques, en fixant davantage les principes solubles du fumier, en apportant la chaux nécessaire à l'alimentation des plantes, et en mettant en circulation et à la disposition des racines une certaine quantité de potasse contenue dans l'argile. Les doses applicables de ces différents amendements peuvent être augmentées d'un tiers, mais renouvelables tous les 12 à 15 ans.

Dans quel but devrons-nous diriger les façons culturales?

Après le drainage, n'ayant plus à craindre un excès d'humidité, il est préférable d'avoir en réserve une quantité d'eau nécessaire pour les besoins de la végétation que de la demander à des pluies plus ou moins problématiques. En effet, les plantes ont moins à souffrir d'une humidité élevée, mais sans excès, dont on peut toujours se débarrasser par des façons culturales appropriées, que d'une sécheresse persistante et même momentanée, à laquelle il est impossible de remédier. C'est pourquoi le labour principal sera avantageusement donné à l'automne avant que les pluies interdisent l'accès du champ.

Ce labour ainsi donné améliore les propriétés physiques et chimiques, en exposant les particules de terre à l'action des agents atmosphériques. Au printemps, suivant les conditions extérieures, il nous sera facile de donner les façons culturales convenables pour maintenir l'humidité ou lui faciliter son départ.

Nous avons déjà dit quelle sorte de fumier convenait particulièrement aux terres fortes (voir fumier de ferme) et quelle était l'époque d'épandage la plus convenable. Nous savons également que dans ces terres il est possible de donner des doses relativement élevées, pouvant atteindre 40.000 et 50.000 kil. à l'hectare.

A quels engrais devons-nous donner la préférence?

Engrais azotés : nitrate de soude et sulfate d'ammoniaque.

Engrais phosphatés : Superphosphates minéraux et scories.

Engrais potassiques : Chlorure ou sulfate de potassium.

Comme les terres fortes, issues directement de l'Argile verte ou de l'Argile à meulière, du reste en petit nombre, sont de composition variable, il est difficile et inutile de donner des formules d'engrais particulières. Les cultivateurs devront procéder par tâtonnements, en tenant compte de l'analyse, en s'inspirant des principes généraux contenus dans la première partie pour l'application des engrais, et de la marche indiquée pour les Limons des plateaux.

Cependant, nous pouvons dire que les engrais azotés devront être donnés avec ménagement en combinant le mélange du nitrate et du sulfate d'ammoniaque ; les engrais phosphatés devront être fournis à toutes les cultures, mais sans exagération ; les engrais potassiques ne seront utiles que pour les récoltes qui suivent des cultures exigeantes en cet élément, telles que betteraves, pommes de terre et plantes fourragères.

Mais l'échantillon que nous avons choisi à dessein pour montrer les propriétés des terres fortes argileuses et faire connaître les améliorations qui leur sont applicables, peut être considéré comme une exception. Dans le Canton sud, il est rare que les terres reposant sur l'Argile verte ou l'Argile à meulière de Brie ne soient constituées en tout ou en partie par des dépôts postérieurs provenant des Eboulis, des Sables ou des Limons. Dès lors les propriétés physiques et la composition chimique diffèrent d'autant plus de celles indiquées dans ce paragraphe que ces dépôts se rapprochent davantage des terrains dont ils proviennent. Dans ce cas nous n'avons plus affaire qu'à des Eboulis, des Sables ou des Limons, dont le sous-sol, situé à plus ou moins profondeur, est constitué par l'argile verte ou l'argile à meulières, et dont il faudra simplement tenir compte.

Selon que par leurs propriétés, par leur composition chimique, fournie par l'analyse, les terres de dépôt se rapprocheront davantage soit des Eboulis, soit des Sables, soit des Limons, nous donnerons à ces terres les améliorations foncières et culturales, ainsi que les formules d'engrais et les assolements indiqués pour chacun des terrains types.

Etudions maintenant

LES TERRES LÉGÈRES

Nous avons dit que ces terres sont issues directement de la décomposition soit du Travertin inférieur de Brie, soit du Travertin de Champigny. L'échantillon le plus typique nous est donné par le n° 175, issu du Travertin de Champigny. Sa composition physique est la suivante : sable grossier 45 0,0 ; sable fin 45 0/0 ; calcaire 2 0/0 et argile 7 0/0. Ici c'est l'élément sable qui domine, tandis que l'argile est en proportion insuffisante. Ces terres ont les mêmes propriétés physiques que les terres sableuses formées par les Eboulis.

La composition chimique est un peu différente : Azote, 1,14 0/00 ; acide phosphorique, 0,55 et potasse, 1,47. C'est encore l'acide phosphorique qui est le moins bien représenté.

Améliorations foncières et culturales. — Emploi des Engrais. — Ces terres souffrent de la sécheresse. Autant que possible nous leur donnerons les améliorations foncières dans ce but pour les Eboulis. La culture des Légumineuses améliorera beaucoup les propriétés et la composition de ces sols. Il sera nécessaire de leur apporter des engrais phosphatés et potassiques : 400 à 500 kil. de superphosphates et 100 à 200 kil. de sulfate de potasse.

Ces terres nitrifient rapidement, aussi ne devrons-nous donner que des doses faibles de fumier, 20.000 à 25.000 kil. à l'hectare, mais renouvelées le plus souvent possible. Comme engrais azotés nous devrons rejeter le nitrate de soude, principalement dans les sols où l'épaisseur de la terre végétale est faible, et n'employer que du sulfate d'ammoniaque et du sang desséché. Nous donnerons la préférence aux superphosphates minéraux et au sulfate de potasse.

Mais, comme les terres fortes, ces terres légères, issues directement des travertins, sont en petit nombre, et le plus souvent nous avons affaire aux dépôts des terrains supérieurs. Selon que ces dépôts se rapprochent davantage soit des Eboulis, soit des Sables, soit des Limons, nous donnerons à ces sols les améliorations foncières et culturales, ainsi que les formules d'engrais et l'assolement indiqués pour chacun de ces terrains types.

VITICULTURE

PREMIÈRE PARTIE
RECONSTITUTION DES VIGNOBLES

CHAPITRE PREMIER
ADAPTATION DES VIGNES AMÉRICAINES

Il y a seulement une vingtaine d'années, la vigne couvrait de notables étendues dans le département de Seine-et-Marne, où sa culture était prospère et largement rémunératrice. Depuis, les gelées, les maladies sont venues s'abattre, et des vignobles entiers ont dû être arrachés. Les coteaux, où l'on récoltait un vin frais, délicat, si apprécié des cultivateurs, sont en friche ou bien livrés aux cultures agricoles. Le phylloxéra est venu compléter l'œuvre désastreuse des fléaux et, en ce moment, nous assistons à l'agonie sans espoir des derniers vignobles.

Une création nouvelle, une prospérité inconnue peuvent effacer ces désastres anciens. Les vignerons intéressés, armés de connaissances scientifiques nouvelles, profitant de l'expérience acquise et des progrès réalisés, auront à cœur de reprendre la tâche de recommencer la lutte, puisque la victoire leur est assurée.

Mais avant d'étudier la reconstitution de vignobles, il est nécessaire que les vignerons soient convaincus :

1° Que dans un avenir très prochain toutes les vignes du Département de Seine-et-Marne seront détruites par le phylloxéra ;

2° Que tous les remèdes proposés (sulfure de carbone, sulfocarbonate de potasse, etc.), outre qu'ils coûtent fort chers, ne peuvent que reculer de quelques années l'échéance fatale;

3° Qu'enfin, étant donné l'état actuel du vignoble, il n'existe aucun moyen plus économique et plus certain que la reconstitution par les porte-greffes américains.

La reconstitution d'un vignoble demande des sacrifices, de grands soins et une connaissance suffisante; elle ne peut être entreprise à la légère. Si nous considérons les nouvelles conditions économiques, nous devons constater que, principalement pour la petite propriété, la culture de la vigne serait plus avantageuse et plus rémunératrice que l'agriculture proprement dite. Celle-ci demande aujourd'hui des capitaux et de grandes étendues de culture, tandis que la vigne peut être exploitée sur de petites parcelles, demande une main-d'œuvre moins soutenue, et donne un produit brut, qui est encore de beaucoup le plus élevé. En Seine-et-Marne, la vigne trouvera toujours un débouché facile et des prix de vente rémunérateurs.

Pour la reconstitution d'un vignoble il n'y a aujourd'hui qu'un seul moyen qui puisse nous garantir le succès.

Ce moyen consiste, comme le rappelle M. Gustave Rivière, professeur départemental d'Agriculture, et comme l'a enseigné M. Cazaux dans ses conférences, à planter des vignes américaines, dont les racines résistent aux atteintes du phylloxéra, et à greffer sur elles nos variétés indigènes. La vigne américaine devient dans ce cas le sujet ou porte-greffe, et la vigne française, le greffon.

« Il ne faut jamais avoir recours aux porteurs directs, c'est-à-dire aux vignes américaines non greffées avec nos cépages, d'abord parce qu'ils ne produisent que des vins ayant un goût de framboise ou de cassis, autrement dit foxés, ce qui est fort déplaisant pour du vin, ensuite parce que la plupart de ceux qu'on cultive ne résistent pas au phylloxéra. On n'a donc même pas la ressource de pouvoir les greffer avec des cépages français. »

« Par conséquent planter du Noah (blanc) ou de l'Othello (rouge) et même la plupart des hybrides, pour créer un vignoble, c'est se condamner à recommencer une opération qui coûte fort cher. Je ne vous engage donc pas à tenter une pareille expérience qui n'a généralement procuré que des déboires à ceux qui ont voulu la renouveler malgré les conseils qui leur ont été prodigués. »

« Aujourd'hui il y a déjà plus de 800.000 hectares de vignes reconstituées à l'aide des cépages américains greffés avec nos cépages français. »

« L'expérience n'est donc plus à faire. »

« Et j'ajoute que les vins qu'on obtient dans ces nouvelles conditions sont aussi fruités et aussi délicats que ceux qu'on obtenait autrefois avec les vignes françaises franches de pied. »

« Les qualités essentielles qui caractérisent nos vins ne sont donc en rien modifiées. »

Aux plants américains il faut surtout demander la résistance phylloxérique, et cette condition remplie, s'il se trouvait un plant qui puisse réussir dans tous les terrains, ce serait exclusivement à lui qu'il faudrait s'adresser. Mais il n'en est pas ainsi, et nous pouvons dire qu'à chaque terrain correspond un plant américain qui lui est particulièrement adapté et qui par conséquent réussira mieux que tout autre.

Pour choisir avec discernement parmi la quantité considérable de plants américains, que l'on trouve aujourd'hui dans le commerce, il faut que nous connaissions tout d'abord les propriétés des terres que nous voulons reconstituer, que nous sachions apprécier l'influence des éléments constitutifs sur la végétation des vignes américaines, les facultés d'adaptation des différents plants américains, la façon dont ils se comportent au greffage, etc. Nous ne pouvons ici que résumer ces différentes questions, et nous prions le lecteur de se reporter aux ouvrages spéciaux et notamment au savant travail de MM. P. Viala et Ravaz sur les «Vignes américaines » (1).

Avant de reconstituer un vignoble, nous devons connaître tout d'abord la teneur des terres en calcaire, car c'est l'élément qui, après la résistance phylloxérique, a la plus grande influence sur la végétation des vignes américaines ; sa proportion et son degré d'assimilation dominent toutes les autres influences. C'est lui qui, en proportion trop élevée pour le plant, détermine la maladie connue sous le nom de « Chlorose ». Quelquefois le jaunissement des feuilles, qui se manifeste dès les premières années, est peu intense et peut disparaître, mais souvent il persiste et peut entraîner la mort de la plante.

L'argile en proportion élevée rend les terres compactes et humides. La compacité est défavorable aux variétés à racines grêles ; l'humidité favorise la coulure et le développement des maladies. Les sols sableux, par leur sécheresse et leur stérilité, ne peuvent convenir qu'à un petit nombre d'espèces.

Malgré ces différentes conditions, nous pouvons affirmer aujourd'hui que là où la vigne française est venue, une variété américaine pourra réussir, qui permettra de reconstituer le vignoble.

Dans la détermination des cépages américains devant s'adapter dans nos différents terrains nous avons suivi les idées et les conseils de notre distingué professeur, M. P. Viala, Inspecteur général de Viticulture ; sa grande autorité nous permettra de ne pas nous étendre sur les raisons qui ont motivé notre choix.

ADAPTATION

D'après MM. Viala et Ravaz, le Riparia est un plant des terrains non calcaires ou peu calcaires, très fertiles naturellement ou enrichis par d'assez fortes fumures. Dans ces milieux, aucun autre porte-greffe ne lui est supérieur ; les nombreux exemples de reconstitution qui existent actuellement en France le prouvent d'une façon indiscutable.

Le Riparia doit, par suite, jouer encore le rôle principal comme élément de reconstitution dans les terres siliceuses, argilo-calcaires, silico-calcaires, meubles, profondes, fraîches et fertiles. Lorsque le sous-sol est calcaire et non friable, mais surmonté d'une épaisseur de sol peu calcaire, même de 35 à 50 centimètres, il réussit très bien dans ce

(1) *Les Vignes américaines*. Adaptation, culture, greffage, pépinières, par P. Viala et C. Viala, chez Firmin-Didot, éditeurs, 56, rue Jacob, Paris.

milieu si le sol présente les qualités de fertilité qui lui sont nécessaires et si, au défoncement, on a le soin de ne pas attaquer le sous-sol ou de ne pas le mélanger au sol. Une épaisseur de sol non calcaire moindre, reposant sur un sous-sol calcaire, est parfois suffisante dans les régions du Nord, du centre et du Sud-Ouest, où les sécheresses peu fréquentes et de peu de durée permettent aux racines de vivre à la surface dans la terre non calcaire. C'est encore le porte-greffe à préférer dans les terres rouges, cailouteuses et peu calcaires, lorsque le sol, profond de 50 centimètres au moins, est assez riche, meuble et sain.

En appliquant ces conclusions aux terres du Canton Sud, nous pouvons dire que

LE RIPARIA-GLOIRE DE MONTPELLIER

sera le plant américain qui réussira le mieux dans les terrains suivants :

Dans toutes les terres d'Eboulis, réputées de qualité supérieure ou enrichies par des fumures, où la proportion d'argile est suffisante pour conserver au sol une certaine fraicheur, avec l'aide de façons culturales appropriées :

Dans toutes les terres du Limon des plateaux et du Calcaire de Beauce;

Dans celles du Travertin inférieur de Brie, de l'Argile verte et du Travertin de Champigny, remplissant les conditions d'adaptation particulières au Riparia, indiquées ci-dessus.

D'après les mêmes auteurs, le Rupestris s'accommode des milieux les plus secs et les plus infertiles ; il est, dans ces conditions, supérieur à toutes les autres espèces, à tous les autres porte-greffes américains.

Tous les sols cailouteux, à cailloux siliceux ou de calcaire dur, qu'ils soient en coteaux riches ou secs ou en plaines peu fertiles, tous les sols siliceux, à grains assez gros ou petits, doivent être reconstitués par le Rupestris.

Le Rupestris reprend bien de bouture et de greffe-bouture. On peut, avec des soins spéciaux, arriver à des reprises aussi considérables qu'avec les porte-greffes les plus parfaits à ce point de vue, le Riparia et le Vialla par exemple.

En tenant compte de ces conditions particulières d'adaptation, nous pouvons dire que

LE RUPESTRIS MARTIN

de préférence même au Rupestris du Lot, grâce à sa résistance et à sa grande vigueur, sera le seul plant qui conviendra particulièrement à toutes les terres des Sables de Fontainebleau, des Alluvions anciennes, des Graviers, des hauts plateaux, ainsi qu'aux terres pauvres et très légères des Eboulis, se rapprochant par leurs propriétés et leur pauvreté des Sables de Fontainebleau. Le Rupestris du Lot sera réservé aux terres de dépôt, issues des Eboulis ou des Sables de Fontainebleau, recouvrant le Travertin de Brie, l'Argile verte ou le Travertin de Champigny, si le sous-sol est calcaire et à peu de profondeur.

Lorsque la couche de terre végétale reposant sur l'Argile verte ne dépasse pas 40 centimètres, l'argile entretient par conséquent une humidité constante, nuisible au Riparia ; dans ce cas nous donnerons la préférence au

1616 SOLONIS-RIPARIA DE COUDERC

Lorsque cette humidité s'élève au point de transformer la terre végétale, par moments, en véritables « bouillons », le drainage doit précéder toute reconstitution.

Le Solonis-Riparia est résistant à la chlorose et peu supporter des proportions assez élevées de calcaire, comme l'on en rencontre sur les pentes de la commune de Saint-Fargeau, bordant la Seine. Ce cépage conviendra également dans une bande de terre, quelquefois de peu de largeur, située entre l'argile verte et l'argile à meulière de Brie, où l'humidité et la proportion de calcaire sont trop élevées pour permettre l'adaptation du Riparia.

Nous devons ajouter que si nous voulons reconstituer un vignoble, particulièrement dans les cas douteux d'adaptation, il est nécessaire de faire des essais préalables sur des surfaces proportionnées et dans les conditions suivantes :

1° Déterminer rigoureusement, en s'aidant de la carte agronomique, le ou les différentes natures géologiques de terres qui composent le vignoble et établir pour *chaque terrain* le cépage américain indiqué dans le tableau précédent;

2° Se procurer des vignes américaines absolument authentiques, qui pourront servir de pieds mères ;

3° Apporter tous les soins nécessaires à la préparation du champ d'essais, à la confection de la pépinière, au greffage, à la mise en place, etc.

4° Etre très sévère sur la qualité des produits et particulièrement sur la reprise des boutures.

DEUXIÉME PARTIE
CULTURE DE LA VIGNE

CHAPITRE PREMIER

EXIGENCES CULTURALES DE LA VIGNE

EN PRINCIPES FERTILISANTS

Nous avons montré, pour les plantes agricoles, quel intérêt nous avions à connaître les quantités totales de principes fertilisants absorbés par les récoltes, ainsi que les quantités de ces principes exportés définitivement du sol par les produits.

M. A. Müntz, Membre de l'Institut, Professeur à l'Institut national agronomique, a compris l'importance pratique de telles études, et c'est dans son savant et précieux travail sur « Les Vignes » (1), que nous empruntons la plupart des renseignements relatifs à leur composition et à leurs exigences culturales.

M. A. Müntz, qui a étudié les différents vignobles de la France, si variables dans leur mode de culture, dans leur végétation, dans leurs rendements, est arrivé à cette conclusion importante et originale :

« En comparant entre elles les diverses régions viticoles de la France, nous voyons qu'en réalité les exigences de la vigne ne sont pas extrêmement différentes. Nous constatons en effet que, malgré l'énorme différence des rendements, la vigne n'enlève du sol, pour sa végétation annuelle et la production de ses fruits, que des quantités peu variables d'éléments fertilisants. »

---

(1) *Les Vignes*. Recherches expérimentales sur leur culture et leur exploitation, par M. A. Müntz, chez Berger-Levrault, éditeur, 5, rue des Beaux-Arts, Paris.

« Si nous groupons les vignobles que nous avons expérimentés, nous avons les résultats moyens suivants :

	Rendement par hect^e	Matières fertilisantes absorbées par hectare		
		Azote	Acide phosphor^e	Potasse
	hectol.	kil.	kil.	kil.
Midi	103	48,0	12	43
Médoc.....'.........	28	43,0	14	60
Palus	39	32,0	10	41
Saint-Emilion, Pomerol et Sainte-Foy......	25	33,7	9	39
Bourgogne........	25	24,0	7	25
Champagne...........................	25	42,0	13	45

Le vignoble de la Bourgogne est celui qui se rapproche le plus, par son mode de culture, par ses cépages, par ses conditions climatériques et par ses rendements, du vignoble de Seine-et-Marne. Nous pouvons donc appliquer à celui-ci les considérations pratiques qui découlent de l'étude du premier.

L'azote et la potasse sont les deux principes qui sont le plus employés ; l'acide phosphorique, au contraire, n'est employé qu'en faible quantité.

« La proportion d'acide phosphorique étant très faible, on serait porté à croire que les fortes fumures phosphatées sont sans utilité pour la vigne, si quelques praticiens n'avaient observé que la fructification se fait mieux quand on emploie des phosphates à haute dose, cela tient probablement à ce qu'une partie seulement de celui qu'on donne est assimilable ou à ce que le système radiculaire de la vigne n'a pas une grande aptitude à dissoudre les phosphates. »

« Quoique la vigne absorbe peu d'acide phosphorique, nous ne conseillons donc pas de diminuer les fumures phosphatées, jusqu'à ce que des expériences directes aient montré qu'il est inutile d'en donner des quantités plus élevées que celles utilisées par la plante. »

L'azote étant absorbé en forte proportion, il y a nécessité et avantage à le faire entrer dans les fumures de la vigne.

Quant à la potasse, absorbée relativement en abondance, il y a lieu de tenir compte de la richesse du sol en potasse ; dans les sols où ce principe est en faible proportion, il est prudent de recourir à des apports d'engrais potassiques.

En étudiant les causes des variations de la quantité d'éléments fertilisants absorbés par la vigne, M. A. Müntz a trouvé qu'il n'y a aucune corrélation entre la quotité de la récolte et celles de l'azote, de l'acide phosphorique et de la potasse, empruntées au sol.

Les quantités de feuilles produites par hectares sont en rapport avec les conditions climatériques de la région ; pour chaque région le système foliacé doit avoir un certain développement, pour remplir son rôle de producteur des matériaux qui doivent constituer la récolte. Un minimum de feuilles doit être nécessaire. Il peut également y avoir excès et la pratique viticole, en opérant des pincements et des épamprages, a surtout pour but d'éviter un développement excessif, qui attirerait à lui des matériaux qui sont alors sans profit pour la vendange. Dans les climats froids, où le ciel est souvent couvert, l'activité végétative des feuilles est moins élevée que dans les climats chauds ; c'est pour cette raison,

7

que pour produire la même quantité de vendange, il faut, dans le Nord, une surface foliacée environ quatre fois plus grande que dans le Midi.

Les principes fertilisants sont inégalement répartis dans les divers organes de la vigne. Or, ce sont les feuilles et les sarments, mais les feuilles surtout, qui concentrent, dans leurs tissus, les plus fortes proportions de principes fertilisants ; plus elles sont développées, plus l'absorption de ces principes est donc considérable, et c'est, en réalité, la production foliacée, et non la production du raisin, qui en règle l'absorption par la vigne.

Le raisin ne renferme qu'une faible fraction de l'ensemble des principes fertilisants absorbés, même alors qu'il donne les plus fortes récoltes. Ce n'est donc pas lui qui est une cause d'appauvrissement du sol. A plus forte raison, si l'on considère le vin, seul produit exporté de l'exploitation, trouve-t-on qu'il n'enlève que de très minimes quantités de principes fertilisants.

Voici, comme exemple, les quantités de principes fertilisants absorbées par un hectare de vigne, appartenant à l'un des vignobles de la Bourgogne, pour montrer les quantités de matières fertilisantes prélevées par les différents organes.

Désignation	Azote		Acide phosphorique		Potasse	
	kil.	°/₀	kil.	°/₀	kil.	°/₀
Vin (25, 41 hect.).............	1,935	6.3	1,230	13,9	4,600	13,8
Marc........................	4,171	13.6	1,211	13,7	5,005	14,8
Feuilles	19,624	64,3	4,445	50,5	15,612	46,1
Sarments	4,763	15,6	1,920	21,8	7,759	22,9
Totaux.........	30,493	100,0	8,806	100,0	33,796	100,0

Ces chiffres ne tiennent pas compte des quantités nécessaires à la production du système radiculaire, mais ils nous donnent une idée largement suffisante des exigences de la vigne et confirment absolument les conclusions de M. A. Müntz.

CHAPITRE DEUXIÈME

EMPLOI DES ENGRAIS

D'après les chiffres précédents, si nous ne considérions que les quantités de principes fertilisants définitivement exportés du champ par le vin, les autres produits, marcs, feuilles et sarments, devant retourner au sol, nous pourrions considérer la vigne comme une des cultures les moins exigeantes, ce qui est vrai, mais seulement dans une certaine mesure.

En réalité, dans la pratique, il n'en est pas tout à fait ainsi. Dans les champs ayant peu de largeur, la plus grande partie des feuilles, si chargées d'éléments nutritifs, est entraînée au loin par les vents d'automne ; les sarments sont généralement brûlés et les marcs sont versés sur le tas de fumier.

Il y aurait donc tout d'abord nécessité de restituer au champ au moins la totalité de ces exportations, qui peuvent se chiffrer par une quarantaine de kilos d'azote et de potasse et une quinzaine d'acide phosphorique. Mais ces quantités seraient à peine suffisantes si le champ était en très bon état de fertilité, ce qui n'est pas le cas pour la plupart des terres du Canton sud ; il faut avoir recours à de plus fortes fumures pour venir en aide à la vigne.

En outre, les racines américaines, qui servent de porte-greffes, et principalement les Riparias, ne se contentent pas comme les racines françaises, de sols maigres et arides, fumés parcimonieusement ou accidentellement.

Enfin, dans les conditions actuelles de la production du vin dans le vignoble de Seine-et-Marne, il y a avantage à donner aux vignes de bonnes fumures, sans craindre, comme cela est généralement admis, que la finesse et le bouquet des vins en soient diminués.

Nous donnerons la préférence au fumier d'étable, de cheval ou de mouton, suivant la nature de la terre. Nous pourrons répandre ces fumiers, soit tous les deux ans à raison de 20.000 à 30.000 k. à l'hectare, soit annuellement à raison de 15.000 à 20.000 k. L'épandage annuel est préférable dans les terres légères, où les pertes par nitrification sont plus à craindre.

Avec l'épandage bisannuel, réservé pour les terres fortes, nous ajouterons aux 20.000 ou 30.000 kil. de fumier, également réparti sur le champ, de 200 à 400 kil. de superphosphate minéral ou de scories et 300 kil. de plâtre ; le tout sera répandu avant l'hiver et enterré par un léger labour ; au printemps, nous donnerons 100 kil de plâtre. La deuxième année, pendant l'hiver, nous donnerons de 200 à 300 kil. de superphosphate ou de scories, 50 à 100 k. de chlorure de potassium et 200 kil. de plâtre, qu'on enterrera par un labour léger ; au printemps, nous répandons un mélange de 100 à 150 kil. de sulfate d'ammoniaque et 100 à 150 kil. de nitrate mélangés à 100 kil. de plâtre.

Avec l'épandage annuel du fumier, réservé aux terres légères, nous ajouterons aux 15 000 ou 20.000 kil. de fumier, également réparti sur le champ, de 200 à 400 kil. de superphosphate minéral ou de scories, 50 à 100 kil. de chlorure de potassium et 300 kil. de plâtre ; le tout sera répandu pendant l'hiver et enterré par un léger labour ; au printemps, nous donnerons de 100 à 150 kil. de sulfate d'ammoniaque mélangés à 100 kil. de plâtre.

Si, pour des raisons que nous ne prévoyons pas, on donnait à ces terres le fumier seulement tous les deux ans, on pourrait forcer légèrement les doses de fumier et, pour la seconde année, répandre de 200 à 300 kil. de superphosphate, de 100 à 150 kil. de chlorure de potassium et 300 kil. de plâtre, le tout enfoui pendant l'hiver par un léger labour ; au printemps, on donnera de 75 à 100 kil. de sulfate d'ammoniaque et de 100 à 300 kil. de sang desséché.

CONSIDÉRATIONS

SUR LA FUMURE DES ARBRES FRUITIERS

La culture des arbres fruitiers n'échappe pas aux règles générales, que nous avons fait connaître pour les plantes agricoles, relativement aux exigences culturales et à l'épuisement du sol en principes fertilisants.

S'il est vrai que par le développement de leur système radiculaire les arbres fruitiers ont à leur disposition un cube de terre relativement considérable, dans lequel ils peuvent s'emparer des moindres parcelles d'éléments nutritifs, il n'en est pas moins évident que, par suite des exportations des fruits, par suite du développement végétatif des organes et des pertes naturelles, provenant principalement de l'entraînement au loin des feuilles par les vents d'automne et d'hiver, les sols qui les nourrissent s'appauvrissent de plus en plus, au point de réduire fortement les rendements, de ne produire plus qu'une récolte moyenne tous les deux ou trois ans, au point de ne plus donner à l'arbre une force suffisante pour résister aux maladies et même à la mort.

Avant les belles expériences entreprises sous les auspices du Syndicat des mines de Stassfurt, nous ne possédions que peu de connaissances sur les exigence des arbres fruitiers. Car, pour établir les exigences des cultures arbustives, il ne suffit pas de déterminer la composition des fruits et la quantité des matières alimentaires contenues dans les récoltes, il faut encore tenir compte des autres organes ; les racines, la tige, les rameaux et les fruits forment un tout inséparable et une fumure n'est rationnelle que si elle tient compte de tout cet ensemble. D'ailleurs, la vie de ces divers organes est entièrement liée ; si l'un souffre pour une raison quelconque, le développement des autres en pâtira.

« Les fleurs, première esquisse des fruits, se forment aux dépens des réserves amassées pendant l'année précédente dans le jeune bois ; plus celui-ci est sain, vigoureux et bien formé, plus la floraison est abondante. » La fructification dépend du développement des feuilles, qui sont les véritables organes où se fabrique le sucre ; or le développement foliacé est lui-même en rapport avec les ressources naturelles du sol en principes nutritifs.

Voici les quantités de principes fertilisants nécessaires à la production annuelle d'un arbre de 0 m. 25 de circonférence :

Production annuelle d'un arbre de 0.25 de circonférence	Éléments fertilisants	Q. d'éléments fertilisants nécessaires à la production annuelle			Q. totales nécessaires à la production annuelle
		Bois	feuilles	fruits	
		gr.	gr.	gr.	gr.
Pommier	Azote	12	36	11	59
4,5 kil. bois	Ac.phosphor.	4	5	2	11
4,2 — feuilles	Potasse	9	27	15	51
14,0 — fruits	Chaux	42	66	1	109
Poirier	Azote	16	17	4	37
4,7 kil. bois	Ac. phosphor.	4	2	1	7
2,6 — feuilles	Potasse	11	11	18	40
7,0 — fruits	Chaux	40	27	2	69
Cerisier	Azote	15	61		
4,2 kil. bois	Ac. phosphor.	3	21	6	30
9,2 — feuilles	Potasse	8	68	19	95
12,0 — fruits	Chaux	30	176	3	209
Prunier	Azote	13	21		
2,3 kil. bois	Ac. phosphor.	3	3	5	11
2,8 — feuilles	Potasse	15	39	20	74
13,5 — fruits	Chaux	26	46	3	75

Si l'on traduit ces quantités en les ramenant à un mètre carré de surface couverte par l'arbre, on obtient en moyenne : 17 gr. d'azote, 5 gr. d'acide phosphorique, 22 gr. de potasse et 40 gr. de chaux.

MM. les docteurs Steglich de Dresde et Barth de Colmar ont déterminé la composition des divers organes des arbres fruitiers ; nous ne les rapporterons pas ici, mais nous donnerons leurs conclusions.

« Les quantités de matières fertilisantes contenues dans les divers organes des arbres fruitiers vont donc en augmentant des racines au sommet, en passant par un maximum dans les feuilles pour diminuer un peu dans les fruits. Cela prouve une fois de plus l'importance du rôle joué par les feuilles et le bois dans la production des fruits.

Ces quantités sont relativement élevées, principalement en chaux, en potasse et en azote, trois éléments qui font le plus souvent défaut dans les terres du Canton Sud.

Il y a donc nécessité absolue de restituer au sol ces trois principes sous formes d'engrais ou d'amendements.

Dans le Canton sud les vergers proprement dits sont peu nombreux, et les arbres fruitiers sont le plus souvent cultivés en plein champ au milieu d'autres récoltes. Cette disposition est mauvaise, car les deux cultures se nuisent mutuellement ; mais le morcellement de la propriété empêche souvent qu'il en soit autrement.

Le fumier, qui est donné également sur toute la surface du champ, profite principalement aux cultures agricoles ; cependant il entretient le stock foncier d'humus et maintient les propriétés physiques du sol. Les autres engrais qu'on donne au champ sont également absorbés par les récoltes intercalaires.

Il y a donc lieu d'apporter aux arbres fruitiers une fumure spéciale.

Comme engrais azotés, nous donnerons la préférence, dans les terres légères, au sang desséché, répandu pendant l'hiver ou au commencement du printemps, selon les espèces ; dans les terres fortes, nous pourrons le remplacer par du sulfate d'ammoniaque, avec un léger complément de nitrate de soude. Les engrais azotés doivent être donnés avec ménagemement. Dans les vergers, la culture des engrais verts (trèfle incarnat ou vesce velue) est la source d'azote la plus économique.

Comme engrais phosphatés, nous donnerons la préférence aux superphosphates minéraux ; comme engrais potassiques, au sulfate de potasse. Les engrais phosphatés et potassiques doivent être répandus pendant l'hiver et enterrés par un bon labour ; le nitrate, le sulfate d'ammoniaque et le sang, simplement par un coup de herse.

D'après le tableau précédent, on constate que les diverses espèces ont des exigences en chaux assez différentes.

Ce sont les fruits à pépin qui consomment le moins de chaux, mais il y a de notables divergences entre les pommiers et les poiriers.

« Le pommier contient presque deux fois plus de chaux que le poirier ; aussi, voit-on, dans les terres sableuses et pauvres en calcaires, les poiriers croître parfaitement et résister longtemps tandis que les pommiers y poussent à peine et succombent bientôt aux chancres.

Les poiriers greffés sur coignassier sont bien plus exigeants et ne conviennent pas du tout aux terres non calcaires. »

« Les arbres à fruits à noyaux consomment de grandes quantités de chaux qui sont en grande partie absorbées par le feuillage ; les cerisiers, par exemple, qui produisent trois fois plus de feuilles que les pruniers, contiennent aussi trois fois plus de chaux.

D'ailleurs, tous les arboriculteurs savent fort bien qu'il faut au cerisier comme au noyer un sous-sol calcaire où ses racines puissent trouver leur alimentation ; c'est seulement à cette condition qu'ils croissent vigoureusement et résistent à toutes les maladies. Aussi le chaulage est il le moyen le plus efficace d'assurer la croissance de ces arbres en terres non calcaires.

Les bigarreautiers se contentent de sols peu calcaires, mais sans supporter l'absence complète de la chaux.

La chaux joue un rôle prédominant dans le développement des fruits et la production du sucre qui s'y accumule ; dans les sols peu calcaires, il est impossible d'obtenir un plein développement des pruniers, des pêchers et des abricotiers, dont les exigences sont très élevées ; en l'absence de chaux, leurs fruits restent petits et acides, un grand nombre tombent avant maturité et la récolte est très médiocre malgré les espérances qu'avait pu faire naître la floraison.

Dans ces conditions, il est de toute nécessité d'apporter aux arbres fruitiers un des amendements calcaires précédemment indiqués.

Pour l'application des engrais, il y a lieu de tenir compte de la richesse des sols en principes fertilisants, de la nature du sous-sol, de leurs propriétés, de l'âge des arbres fruitiers, etc. Ces conditions sont nombreuses, et il est difficile de donner des formules applicables dans chaque terrain pour chaque espèce. Dans ce chapitre nous avons voulu surtout attirer l'attention des cultivateurs sur cette question importante de la fumure des arbres fruitiers, attendu qu'il est généralement admis que les arbres fruitiers doivent se contenter de ce que leur laissent les autres cultures portées par le même champ et qu'il est aujourd'hui tout à fait exceptionnel de donner une fumure spéciale aux arbres fruitiers. Cependant pour fixer les idées, voici les quantités des différents engrais que l'on peut employer par mètre carré de surface couverte :

Nitrate de soude	10 à 15 gr.
Sang desséché	20 à 30 gr.
Nitrate de soude	10 à 15 gr.
Sulfate d'ammoniaque	10 à 15 gr.
Superphosphates	30 à 40 gr.
Sulfate de potasse	20 à 30 gr.

TABLEAU DES ANALYSES

Numéros des Echantillons	Terre Complète pour 1.000			Analyse physique de la terre fine pour 1.000			Analyse chimique de la terre fine rapportée à la terre complète pour 1.000			
	Cailloux	Graviers	Terre fine	Sable grossier	Sable fin	Argile et Humus	Calcaire	Azote	Acide phosphor.	Potasse
EBOULIS **(A)**										
1	peu	peu	993	755	225	17	0.5	0.57	0.21	0.22
2	peu	peu	990	586	393	16	1.2	0.56	0.23	0.26
3	peu	peu	986	641	334	20	1 5	0.55	0.28	0.41
4	peu	peu	990	467	515	14	0.4	0.66	0.28	0.24
5	peu	peu	992	519	415	63	0 6	0.69	0.33	0.41
6	peu	peu	991	640	320	37	Traces	0.56	0.38	0.36
7	peu	peu	976	677	290	28	Traces	0.55	0.32	0.29
8	peu	peu	987	651	319	27	1.6	0.53	0.30	0.21
9	peu	peu	984	661	260	75	0.5	0.75	0.46	0.63
10	20	7	973	682	292	22	T	0.35	0 33	0.64
11	23	9	968	570	361	59	2.2	1.12	0 54	0.76
12	peu	peu	975	544	390	57	0 5	0.75	0.46	0.86
13	peu	peu	970	745	209	41	1.2	0 65	0.37	0.36
14	peu	peu	980	694	265	37	2.3	0.47	0.36	0.76
15	peu	peu	978	720	244	30	1.4	0 66	0.42	0.53
16	peu	peu	980	483	415	97	1.0	0.95	0.52	0.70
17	peu	peu	974	583	354	60	0.5	0.53	0.34	0.24
18	peu	peu	971	661	297	39	0.3	0.56	0.37	0.32
19	peu	peu	978	610	311	74	2.0	0.65	0.36	0 49
20	peu	peu	969	523	422	48	3 0	0 90	0.45	0.61
21	peu	peu	974	345	519	133	1.1	0.83	0.49	0.81
22	peu	peu	968	408	476	115	4 7	0.86	0.44	0.97
23	peu	peu	979	505	435	56	1.8	0.57	0.35	0.51
24	14	9	977	606	346	45	T	0.68	0.23	0.51
25	peu	peu	971	492	437	64	0.2	0 63	0 42	0 92
27	peu	peu	978	540	390	58	0.3	0.67	0.41	0.83
28	peu	peu	969	390	450	155	0.9	0.43	0.45	0.84
29	peu	peu	980	458	458	81	0 5	0.73	0.40	0.62
30	peu	peu	983	402	470	115	2.7	0.74	0.41	0.92
31	peu	peu	968	376	437	180	1.8	0.48	0.38	1.07
32	peu	peu	969	660	305	28	1.5	0.63	0.34	0.53
33	peu	peu	970	331	551	112	1.4	0.88	0.62	0.40
34	peu	peu	973	602	310	83	0.5	0.74	0.37	0.49
35	peu	peu	968	475	378	143	1.9	0.58	0.38	0.87
36	peu	peu	980	505	431	56	0 2	0.87	0.29	0.77
37	peu	peu	969	410	534	52	0.8	0.70	0.35	0 44
38	peu	peu	978	603	343	48	2.2	0.64	0.34	0.48
39	peu	peu	980	723	190	83	1.7	0.65	0.56	0.50
40	peu	peu	975	666	314	17	0.8	0.59	0.35	0.39
41	peu	peu	974	672	260	63	T	0.74	0.37	0.61
42	10	4	986	802	179	15	T	0.67	0.33	0.25
43	10	9	981	689	254	54	1.4	0.85	0.42	0.52
44	peu	peu	973	762	215	19	1.9	0.53	0.27	0.26
45	peu	peu	979	707	255	34	1.2	0.51	0.33	0 40
46	10	5	985	733	225	38	0.3	0.62	0.28	0.24
47	peu	peu	970	316	542	138	1.3	0.91	0.40	0.92
48	peu	peu	968	539	383	71	2.9	0.77	0.40	0 49
49	peu	peu	968	510	404	80	2.3	0.81	0 45	0.71
50	peu	peu	974	392	485	120	0.3	0.93	0.41	0.64
51	peu	peu	978	654	294	49	T	0.56	0.30	0.41

Numéros des Echantillons	Terre Complète pour 1.000			Analyse physique de la terre fine pour 1.000			Analyse chimique de la terre fine rapportée à la terre complète pour 1.000			
	Cailloux	Graviers	Terre fine	Sable grossier	Sable fin	Argile et Humus	Calcaire	Azote	Acide phosphor.	Potasse
52	peu	peu	976	645	299	53	Traces	0.56	0.39	0 32
53	peu	peu	972	510	402	82	3.6	0.88	0.36	0.55
54	peu	peu	967	320	580	95	0.6	0.61	0.48	0.60
55	peu	peu	964	259	545	192	1.1	0.54	0.46	0.98
56	peu	pcu	962	328	646	22	1.6	0.90	0.45	0.70
57	peu	peu	970	314	489	194	0.7	0 51	0.40	1.04
58	peu	peu	974	253	585	158	0.1	0.75	0.50	0.77
59	peu	peu	968	244	520	132	Traces	0.85	0.56	0.83
60	13	17	970	429	443	128	13.1	0.95	0 61	0.98
61	peu	peu	968	232	616	147	3.6	0.85	0.46	0.98
62	peu	peu	969	685	240	71	T	0.44	0.26	0.24
63	15	25	960	423	453	118	2.4	0.90	0.50	0.65
64	peu	peu	971	607	314	86	T	0.66	0.35	0 63
65	peu	peu	974	565	345	86	1.8	0.67	0.49	0.46
66										
67										
68										
69										

ALLUVIONS MODERNES (a²)

Numéros des Echantillons	Cailloux	Graviers	Terre fine	Sable grossier	Sable fin	Argile et Humus	Calcaire	Azote	Acide phosphor.	Potasse
70	peu	peu	990	672	308	9	8.1	3.00	0.70	0.57
71	peu	peu	987	»	»	»	12.4	16.00	1.02	0.80
72	10	18	972	720	215	60	122.0	1.20	0.87	0.62
73	peu	peu	970	595	305	95	254.0	3.00	1.33	0.46
74	peu	peu	967	311	555	117	289.0	5.20	1.50	1.57
75	62	15	923	655	248	91	1.9	1.58	0.61	0.66
76	24	12	964	767	135	95	100.0	1.34	1.05	1.33
77										
78										
79										
80										

LIMONS DES PLATEAUX (a¹ᵇ)

Numéros des Echantillons	Cailloux	Graviers	Terre fine	Sable grossier	Sable fin	Argile et Humus	Calcaire	Azote	Acide phosphor.	Potasse
81	peu	peu	962	295	548	154	1.0	0.87	0.53	0.85
82	28	16	956	400	498	98	2.1	0.80	0.51	1.07
83	peu	peu	970	320	464	211	3.1	0.97	0.60	1.65
84	42	14	944	361	480	155	1.9	1.02	0.57	1.34
85	41	25	934	631	290	73	2.7	0.70	0.37	0.25
86										
87										
88										

ALLUVIONS ANCIENNES (a¹ᵃ)

Numéros des Echantillons	Cailloux	Graviers	Terre fine	Sable grossier	Sable fin	Argile et Humus	Calcaire	Azote	Acide phosphor.	Potasse
89	77	84	839	653			22.9	0.98	0.90	0.85
90	92	35	873	813	122	31	T	0 48	0.46	0.20
91	127	40	833	868	106	22	T	0 34	0 51	0.16
92	140	38	822	852	124	21	T	0 40	0.40	0.18
93	47	30	923	889	84	24	T	0.36	0.42	0.18
94										
95										
96										

Numéros des Echantillons	Terre Complète pour 1.000			Analyse physique de la terre fine pour 1.000			Analyse chimique de la terre fine rapportée à la terre complète pour 1.000			
	Cailloux	Graviers	Terre fine	Sable grossier	Sable fin	Argile et Humus	Calcaire	Azote	Acide phosphor.	Potasse
HAUTS GRAVIERS DES PLATEAUX (p^l)										
97	86	61	833	549	370	77	1.1	0.74	0.33	0.23
98	peu	peu	958	366	520	111	T	1.10	0 55	0.77
99										
100										
MEULIÈRES, CALCAIRES ET MARNES DE BEAUCE (m,)										
101	95	74	831	630	213	154	15.6	0.76	0.32	0.85
102										
103										
SABLES DE FONTAINEBLEAU (m,,,)										
104	peu	peu	991	636	329	31	2.1	0.56	0.33	0.46
105	peu	peu	976	630	290	76	0.5	0.65	0.36	0.42
106	peu	peu	978	694	270	31	0.8	0.48	0.29	0.30
107	peu	peu	983	655	299	42	2.2	0.57	0.57	0.24
109	peu	peu	980	494	435	68	1.4	0.70	0.37	0.62
110	peu	peu	983	367	539	90	1 8	0.81	0.38	0.61
111	peu	peu	970	612	303	78	2.6	0 73	0.35	0.61
112	peu	peu	975	603	342	52	0.1	0.57	0.32	0.50
113	peu	peu	971	692	273	26	0.6	0.61	0.31	0.58
114	peu	peu	975	655	310	29	1.9	0 63	0.34	0.24
115	peu	peu	971	509	405	80	T	0.86	0.40	0.62
116	peu	peu	973	285	525	186	T	1.23	0.67	1.15
117	peu	peu	969	685	240	71	T	0.75	0.51	0.65
118										
119										
120										
MEULIÈRES, CALCAIRES ET MARNES DE BRIE (m,,,,)										
121	peu	peu	967	557	334	106	1.9	0.80	0.50	0.48
122	peu	peu	971	420	453	120	3.1	0.97	0.63	0.93
123	peu	peu	985	338	495	164	1.7	0.85	0.46	1 31
124	peu	peu	970	499	390	105	2.3	0 89	0.59	1.24
125	65	42	893	524	157	307	90.5	1.19	0.36	3.06
126	peu	peu	967	695	235	66	T	0.71	0.63	0.35
127	58	30	912	765	170	62	T	0 50	0.28	0.38
128	peu	peu	978	627	234	135	0 6	0.88	0.35	0.99
129	peu	peu	970	847	22	127	1.7	0.88	0.42	0.94
130	139	55	806	543	361	90	3.2	0.69	0.75	0.69
131	194	58	748	660	234	103	41.3	1.18	0.69	0.63
132	35	30	935	659	187	151	0 6	1.02	0.68	1.46
133	peu	peu	968	310	560	120	6.1	1.08	0.35	1.02
134	peu	peu	971	417	432	147	T	0.80	0.40	1.02
135	60	41	899	672	244	80	T	0.78	0.38	0.53
136	18	25	957	500	409	88	T	0.75	0.33	0.48
137	65	50	885	537	349	108	3.0	1.01	0.44	0.62
138	31	42	927	387	475	132	15.4	1.33	1.14	0.43
139	182	66	752	553	384	59	T	0.56	0.35	0.34
140	peu	peu	973	675	285	36	T	0.39	0.34	0.26
141	30	10	960	836	138	22	0.2	0.40	0.44	0.26
142	57	19	924	346	555	95	T	0.69	0.49	0.64

Numéros des Echantillons	Terre Complète pour 1.000			Analyse physique de la terre fine pour 1.000			Analyse chimique de la terre fine rapportée à la terre complète pour 1.000			
	Cailloux	Graviers	Terre fine	Sable grossier	Sable fin	Argile et Humus	Calcaire	Azote	Acide phosphor.	Potasse
143	22	69	909	582	297	121	19.6	1.02	0.82	0.81
144	22	23	955	683	215	101	5.5	0.83	0.64	0.62
145	6	17	977	653	232	115	0.7	0.84	0.31	0.69
146	56	38	906	455	419	123	0.6	0.87	0.52	1.08
147	109	90	801	631	270	97	18.4	1.12	0.85	0.82
148	145	94	761	532	350	115	Traces	0.88	0.49	0.29
149										
150										
151										
152										

ARGILE VERTE (m,,,b)

Numéros des Echantillons	Cailloux	Graviers	Terre fine	Sable grossier	Sable fin	Argile et Humus	Calcaire	Azote	Acide phosphor.	Potasse
153	peu	peu	970	443	427	120	15.7	1.07	0.40	1 09
154	peu	peu	965	526	372	99	T	0.71	0.31	0.89
155	136	59	805	636	220	134	66.8	0.98	0.58	0.71
156	peu	peu	973	518	243	265	17.5	1.35	0.69	2.12
157	21	6	973	709	117	167	13.6	0.91	0.65	1.32
158	62	23	915	777	52	168	17.6	0 96	0.62	0.95
160	peu	peu	968	364	437	195	0.8	0.80	0.44	1.36
161	peu	peu	960	499	286	214	27.0	0.88	0.60	1.27
162	peu	peu	971	504	414	78	1.1	0.97	0.34	0.47
163	60	20	920	326	485	184	2.2	0 90	0.43	1.00
164	15	36	949	419	360	214	3.1	1.26	0.55	1.13
165	37	14	949	748	220	26	T	0.55	0.41	0.47
166	430	150	420	615	254	127	1.1	0.48	0.27	0.23
167	38	24	938	463	399	137	29.0	1.38	0.81	1.11
168	74	112	814	784	86	126	0.9	0.57	0.70	0.35
169	132	36	832	747	190	60	T	0.76	0.72	0.65
170										
171										

TRAVERTIN DE CHAMPIGNY (e⁵)

Numéros des Echantillons	Cailloux	Graviers	Terre fine	Sable grossier	Sable fin	Argile et Humus	Calcaire	Azote	Acide phosphor.	Potasse
172	18	17	965	577	275	146	39.3	0.91	0.51	0.95
173	peu	peu	968	527	345	126	T	0.87	0.37	1.05
174	71	35	890	504	318	174	2 8	1.06	0.77	1.03
175	85	39	876	453	470	73	21.9	1.14	0.55	1.47
176	61	30	909	692	255	49	1.5	0.47	0.64	0.40
177	84	56	860	704	168	124	20.9	1.30	0.67	0.79
178	peu	peu	973				9.2	1.04	0.67	0 67
179										
180										

Analyse calcimétrique
p. 1.000

N° 3   346,0   N° 4   348,5

PATHOLOGIE VÉGÉTALE

CHAPITRE PREMIER

MALADIES DES PLANTES AGRICOLES

§ I. MALADIE DE LA POMME DE TERRE

Comme le mildiou et le phylloxéra, la maladie des pommes de terre nous est venue d'Amérique. Comme le mildiou, c'est encore un champignon, le *Phytophtora infestans* qui est la cause de cette maladie, qui attaque les tiges, les feuilles et les tubercules de la plante. C'est tout d'abord sur les tiges et les feuilles qu'on aperçoit les premières atteintes de la maladie, caractérisée par de petites taches brunes, qui grandissent et se multiplient rapidement, si les conditions de température et d'humidité sont favorables. Les parties brunes se dessèchent, et tout le feuillage des pieds malades paraît grillé. L'infection des tubercules est produite exclusivement par les « conidies », organes reproducteurs du champignon, issues des taches brunes des feuilles.

Le développement de la maladie est lié à des conditions de température et d'humidité. C'est dans les journées chaudes et humides que le développement de la maladie est le plus intense ; la sécheresse est le meilleur préservatif.

Ce sont les tubercules placés à une faible profondeur qui sont les premiers infectés. La terre est capable d'arrêter au passage les conidies ; mais il faut une épaisseur minimum de 10 à 12 centimètres. Des pommes de terre arrachées saines du sol peuvent être infectées au moment de l'arrachage par des conidies qui se trouvent sur le sol ou qui proviennent des fanes malades, non encore desséchées. Dans ce cas, les pommes de terre ont beaucoup de chances de pourrir en cave. Aussi, celles que l'on désire conserver ne devront être arrachées que lorsque les fanes seront complètement desséchées, et autant que possible par un temps sec. On les conservera dans un local aéré, dont la température reste basse (au-dessous de 7°). Mais toutes ces précautions ne sont que des palliatifs souvent impuissants, et les cultivateurs ont le plus grand intérêt à arrêter la maladie, dès qu'elle commence à se manifester sur les feuilles.

Traitement. — L'efficacité des sels de cuivre est aujourd'hui indiscutée. Ils empêchent le développement de la maladie, en tuant les germes (zoospores). On peut se servir des formules indiquées pour le mildiou, mais pour réduire autant que possible le nombre des traitements, nous conseillons la formule suivante, qui sera répandue avec soin sur les touffes, au moyen d'un pulvérisateur à vigne, ou mieux en se servant d'un pulvérisateur à grand travail, supporté par un cheval :

On délaye dans 80 litres d'eau après l'avoir éteinte, 2 kil. de chaux, pesée vive. On y ajoute 2 kil. de mélasse délayée dans 10 litres d'eau, en remuant vivement ; enfin, on y verse une solution de 2 kil. de sulfate de cuivre dans 10 litres d'eau. On obtient ainsi 100 litres d'une bouillie légère, qui dépose lentement et n'encombre pas les pulvérisateurs. Cette bouillie résiste davantage à l'action des pluies.

Pour réduire les pertes de temps et la main-d'œuvre, les cultivateurs d'une commune devraient se syndiquer pour l'achat d'un pulvérisateur à grand travail, devenu aujourd'hui nécessaire, non seulement pour la maladie de la pomme de terre, mais encore pour la destruction des sanves.

Les traitements devraient être donnés préventivement pour que les plantes soient indemnes ; cependant il est possible d'enrayer la maladie, en donnant un premier traitement aussitôt l'apparition des taches dans la région Il est en général nécessaire de donner au moins deux traitements pour que toutes les feuilles aient été sulfatées, en tenant compte pour les époques des conditions de température et du développement de la plante.

Un avantage indirect du sulfatage est de prolonger la végétation de la pomme de terre d'une huitaine de jours ; de ce fait, la récolte se trouve très sensiblement augmentée.

La propagation de la maladie d'une année à l'autre se fait par les tubercules malades employés comme semences. Néanmoins, un champ planté avec des pommes de terre saines peut être envahi par les organes reproducteurs (conidies) de la maladie apportés d'un champ malade par le vent.

CHAPITRE DEUXIÈME

MALADIES DE LA VIGNE

§ I. OIDIUM

En France, les premières attaques de l'oïdium ont été observées en 1847. La maladie se répandit avec une extrême rapidité et, même encore aujourd'hui, malgré que nous le combattions depuis 1853, le parasite est toujours aussi vivace, et ses effets peuvent devenir aussi désastreux qu'autrefois.

Il est facile de distinguer l'oïdium des autres maladies de la vigne, et notamment du mildiou, « par une efflorescence d'un blanc grisâtre, peu épaisse, terne, jamais grenue ni brillante, formant un lascis que l'on retrouve sur toutes les parties vertes de la vigne, rameaux, feuilles, fleurs et fruits, et ayant une odeur de moisi caractéristique. Lorsque l'aoûtement a eu lieu, il se reconnaît par les empreintes continues et non creusées, d'un brun noirâtre, qu'a laissé le parasite sur ces divers organes (1).

La maladie connue sous le nom d'oïdium est causée par un champignon parasite appelé « Erysiphe Tuckeri ». Ce champignon possède un système végétatif particulier, un « mycélium », qui est composé de filaments protoplasmiques très fins. Ce mycélium rampe à la surface des organes verts, sans jamais pénétrer dans l'intérieur des tissus ; il puise sa nourriture dans les couches superficielles, au moyen de suçoirs, et produit, par fragmentation de certains filaments dressés, des spores ou conidies qui le multiplient durant toute la végétation de la vigne.

Les conditions de chaleur et d'humidité influent considérablement sur le développement de l'oïdium. Au commencement de la végétation, lorsque la température marque en moyenne 12° C., le développement se produit lentement, mais progressivement, tandis que de la floraison à la véraison, lorsque la température atteint 20° et 25° C., et que l'humidité est favorable, le champignon se développe avec une intensité extraordinaire, et exerce ses plus grands ravages. A partir de la véraison, l'oïdium, à moins de conditions très favorables, se développe avec moins d'intensité. Lorsque la température dépasse 35° c. ou que la sécheresse persiste quelque temps, le développement de la maladie est arrêté.

Certaines variétés de vigne, comme le Chasselas, les Gamays, etc., sont plus sujettes aux attaques de l'oïdium que d'autres, telles que les Pinots, etc.; les vignes américaines sont plus résistantes.

« De tous les nombreux procédés essayés contre l'oïdium, l'emploi du soufre est seul devenu une opération ordinaire de la pratique, que tout le monde a suivie et suit avec succès. » Le soufre peut agir soit par contact, en désorganisant les organes vitaux du champignon parasite, soit par les vapeurs acides qu'il émet principalement sous l'influence de températures élevées. L'efficacité du soufre sera donc d'autant plus grande que son état de division sera d'autant plus accentué. En outre, le soufre a une action directe sur la végétation de la vigne ; il lui donne une plus grande vigueur ; il maintient plus longtemps vert son feuillage. Il favorise la fécondation, il avance la maturité des raisins, etc.

Dans nos régions il n'est utile de donner le premier soufrage qu'au moment de la floraison, car nous avons vu que le soufre n'agit pas préventivement sur l'oïdium, mais ce soufrage est le plus important, car il coïncide avec les conditions les plus favorables au développement de l'oïdium, et il ne faut jamais le négliger.

Cependant ce soufrage n'a pu détruire tous les germes de la maladie, qui, si les conditions sont favorables, peut réapparaître une vingtaine de jours après ce premier traitement. Ce sont donc les conditions atmosphériques et l'aspect de la végétation, qui indiqueront l'opportunité des autres soufrages. En général il est donné un dernier traitement quelques jours avant la véraison.

Il faut éviter de soufrer par une température trop élevée ; il est préférable d'attendre que la rosée soit tombée ; évidemment ne pas soufrer par un temps violent ni par des temps pluvieux.

(1) P. Viala, « Les Maladies de la Vigne, » chez Masson, éditeur, 120, boulevard Saint-Germain, Paris.

On peut employer indifféremment le soufre sublimé ou trituré, à condition que ce dernier soit à un état de finesse suffisant On peut, pour faciliter la diffusion du soufre, le mélanger avec des produits inertes, tels que le plâtre, etc. Les quantités de soufre à employer sont en rapport avec le développement du feuillage et l'intensité de la maladie. Pour le premier soufrage, elles sont environ de 50 kilos par hectare avec le trituré, et seulement de 30 kil. avec la fleur de soufre; pour le soufrage précédant la véraison, elles peuvent atteindre respectivement 60 et 40 kilogrammes.

§ II. MILDIOU

Le mildiou, connu depuis longtemps en Amérique, a été observé pour la première fois en France en 1878. Comme l'oïdium, la maladie se répandit avec une extrème rapidité.

Le mildiou se développe sur tous les organes verts de la vigne, principalement sur les feuilles, mais aussi sur les jeunes rameaux et sur les fleurs. Les grains de raisin se dessèchent et tombent. On ne le voit jamais sur le bois aoûté.

« Les places où les feuilles commencent à être envahies par le mildiou sont d'abord marquées par une couleur plus jaune, assez visible sur la face supérieure. C'est le premier indice de l'invasion de la maladie. Bientôt de petites tâches jaunâtres s'accusent plus nettement, elles grandissent et deviennent d'un brun roux, de la couleur que prennent les feuilles mortes; le tissu de la feuille, en effet, est mort et desséché en ces points.

Quand on retourne les feuilles ainsi attaquées, on voit sur leur face inférieure, surtout le long des nervures, une sorte d'inflorescence blanche ayant un éclat qui la fait ressembler assez à un dépôt de gelée blanche » (1).

Le mildiou est causé par un champignon parasite, du groupe des Oomycètes, appelé Plasmopara viticola. Son mycélium vit dans les ti sus de la plante, en se glissant entre les cellules, dans lesquelles il puise sa nourriture au moyen de suçoirs.

Les conditions de chaleur et d'humidité influent considérablement sur le développement du mildiou. Pour que la maladie ait une certaine intensité, il faut que la température atteigne au moins de 20° à 25° C. et que l'humidité soit condensée en eau précipitée, qu'elle provienne de la rosée ou de la pluie; il ne suffit pas, comme pour l'oïdium, que l'état hygrométrique de l'air soit élevé. Dans ces conditions, l'invasion du mildiou n'a pu être constatée en France avant le mois de mai, et dans nos régions rarement avant le mois de juin.

Sous un abri quelconque, empêchant la rosée et la pluie de se déposer sur les feuilles, il est rare d'y observer la maladie. C'est principalement en septembre que les invasions du mildiou sont les plus nombreuses et les plus dangereuses. Les vents secs arrêtent brusquement le développement de la maladie.

Les chasselas sont plus sujets au mildiou que les gamays; les vignes américaines sont plus résistantes.

(1) Ed. Prilleux, « Les Maladies des Plantes agricoles. »

Traitements. — Les moindres parcelles d'agents toxiques dissoutes dans les goutte-lettes d'eau des feuilles, où les organes reproducteurs du champignon passent leur courte existence, s'opposent à leur développement et partant à une invasion nouvelle de la mala-die. Or, ce sont les sels de cuivre qui sont de beaucoup les plus toxiques. Mais pour qu'ils puissent donner tout leur effet, il est nécessaire qu'ils soient dissous dans les gouttelettes des feuilles, avant que les organes reproducteurs du champignon ne s'y soient déposés. Les traitements seront donc *préventifs*, car ils ont peu d'action sur les parties déjà enva-hies, et par conséquent ne peuvent plus empêcher qu'une nouvelle invasion.

Voici la formule le plus souvent employée; elle est désignée sous le nom de Bouillie bordelaise :

Sulfate de cuivre . .	2 kilogs.
Chaux vive	2 —
Eau totale.	100 litres.

D'une part, on fait dissoudre le sulfate de cuivre dans 95 litres d'eau; d'autre part, on y éteint la chaux vive dans 5 litres d'eau, on délaye pour rendre le lait de chaux homogène, puis on le verse peu à peu, en agitant, dans la solution de sulfate de cuivre, qu'on continue d'agiter pendant quelque temps. Il se produit un dépôt abondant, qu'on redélaye dans la masse, chaque fois que l'on vient y puiser.

Le premier traitement préventif doit être pratiqué, au plus tard, le 1er juin, même si les conditions atmosphériques paraissent défavorables au mildiou.

Un deuxième traitement est également de première importance, car, depuis le premier, il est poussé de nouvelles feuilles, qui n'ont pas encore reçu de solution, tandis que celle-ci a pu être dissoute et entraînée par les pluies. Ce deuxième traitement précédera le moment où les fruits sont noués, époque dans laquelle le mildiou est le plus désastreux. Ce deuxième traitement doit donc avoir lieu, au plus tard, un mois après le premier, c'est à dire quelques jours après le soufrage qui coincide avec la floraison.

Enfin, un troisième traitement, également nécessaire, sera pratiqué vers le 20 août. Lorsque ces trois traitements ont été exécutés en temps voulu, et seulement dans ce cas, ils sont suffisants dans nos régions pour protéger le vignoble.

Argenteuil. — Imprimerie Worms

CARTES AGRONOMIQUES

MM. E. Risler, Directeur de l'Institut national Agronomique et A. Carnot, Directeur de l'Ecole nationale des Mines, ont particulièrement démontré l'utilité des Cartes agronomiques; nous ne pouvons ici insister davantage, puisque la Carte agronomique du Canton de Melun sud a été entreprise par nous dans le but de démontrer pratiquement cette utilité. Mais nous nous permettrons de dire quelques mots sur les connaissances et les renseignements qu'elles doivent contenir et sur les avantages directs et indirects qu'il est possible d'en retirer.

De même qu'une carte géographique permet au voyageur d'atteindre plus facilement et plus rapidement le terme de son voyage, en lui indiquant les obstacles, en lui évitant les longues recherches, les détours et les fatigues inutiles, en un mot, en dirigeant sûrement sa marche, de même une carte agronomique bien faite doit permettre au cultivateur d'atteindre plus facilement et plus rapidement son but particulier, c'est-à-dire l'exploitation scientifique et rationnelle de l'Agriculture, en lui indiquant les questions qu'il aura à résoudre, en lui évitant des tâtonnements et des recherches inutiles, en un mot, en lui donnant une méthode scientifique et les connaissances nécessaires pour marcher résolument dans la voie du progrès.

Dès lors, comme nous le disions dans un rapport adressé au Conseil général : « La Carte agronomique a pour but de résumer, de mettre à portée et au profit de tous, les notions indispensables pour comprendre les origines et les causes des nouvelles méthodes de culture, les connaissances nécessaires pour appliquer judicieusement, c'est-à-dire avec raison et économie, les nouvelles pratiques culturales, toutes les questions dominantes de la science agricole, qui permettront aux hommes de progrès de s'intéresser davantage à leur exploitation, par conséquent, à leur propre bien-être et au développement général de l'Agriculture, et cela pour le plus grand profit de la France.

Mais la Carte agronomique n'est qu'un des fondements devant supporter l'édifice des connaissances nécessaires, utiles et agréables aux travailleurs de la terre. Dans les conditions actuelles, elles ont surtout pour but d'apporter à l'agriculteur les notions indispensables, celles dont il peut tirer un profit immédiat.

Le cultivateur aura donc à compléter par lui-même les notions de Géologie et de Chimie agricoles contenues dans la Carte agronomique, à élargir le cercle de ses connaissances pour comprendre non seulement les questions d'intérêt immédiat, mais aussi pour devenir, dans la belle force du terme, un homme de science et de progrès, aux idées larges et généreuses.

Nous avons divisé la Carte agronomique du canton de Melun-sud en quatre parties distinctes, mais qui se complètent nécessairement : La notice cantonale, la carte agronomique cantonale, les cartes agrononomiques communales et les champs d'expériences et de démonstration.

8

NOTICE CANTONALE

La Notice est la partie la plus importante de la Carte agronomique ; on peut dire qu'elle se confond avec elle, car les cartes agronomiques proprement dites ne sont que des compléments destinés à indiquer, pour une région déterminée, la distinction géologique des terrains et l'emplacement des échantillons de terre prélevés.

Nous avons divisé la Notice de la carte agronomique du canton de Melun sud en plusieurs parties, que nous avons plus ou moins développées suivant leur importance propre et suivant l'intérêt qu'elles offrent pour l'agriculture du canton.

Tout d'abord des considérations générales sur le Sol, sur la Nutrition végétale et sur les Engrais, qu'il est indispensable de connaître, si l'on veut comprendre, raisonner et agir, autrement que par routine.

Ces connaissances, en outre, sont nécessaires, car n'ayant pu traiter tous les problèmes qui se sont présentés, le cultivateur, dans quelques circonstances, devra interpréter lui-même ces connaissances et les appliquer convenablement.

Première partie. — Le Sol. — Dans un chapitre premier, intitulé *Considérations générales*, nous indiquons la base scientifique sur laquelle nous nous appuyons pour distinguer et pour classer en un certain nombre de terrains types la nature et la valeur culturale des terres, en opposition avec celle, généralement admise, reposant sur le rendement cultural et l'aspect physique.

Nous faisons connaître les heureuses conséquences et les avantages de la distinction géologique des terrains, complétée par l'analyse physique et chimique des terres : connaissance suffisante, après étude préalable des différents terrains types, des propriétés de toutes les terres de la région, des défauts à combattre et des qualités à utiliser ; facilité d'étendre ces connaissances et les résultats qui en découlent, tout en tenant compte des influences locales, à toutes les terres de même origine géologique et de même composition.

Le chapitre deuxième traite l'*Etude géologique et la formation des terrains du canton*. N'est-il pas en effet utile et intéressant pour les cultivateurs de connaître les différents terrains géologiques qui composent leur région, ainsi que l'origine de leurs éléments constitutifs, leur mode de formation, leurs âges respectifs et les modifications qu'ils ont subies depuis leur dépôt, donnant au pays l'aspect que nous lui voyons aujourd'hui, déterminant le mode d'exploitation culturale et, par conséquent, le genre de vie et la richesse plus ou moins grande des habitants. Autrefois, la division de la France en « pays » n'était pas arbitraire. Le Gâtinais, la Brie, la Beauce, etc., sont autant de régions déterminées par des groupements caractéristiques de terrains géologiques.

La Géologie étant aujourd'hui un des facteurs les plus influents de l'Agriculture, nous avons cru devoir donner quelques notions générales sur la constitution de la Terre, sur l'origine des roches et sur le mode de formation des terrains sédimentaires.

Puis, passant successivement en revue les différents terrains qui composent le Canton sud, nous avons indiqué pour chacun d'eux son origine, son mode de formation, les modifications qu'il a subies, ainsi que ses propriétés dominantes et caractéristiques.

Le chapitre troisième sur les *Propriétés physiques et chimiques du Sol* est un des plus importants par les connaissances utiles qu'il renferme. Nous commençons par étudier les propriétés physiques des éléments constitutifs de la terre : argile, sable, calcaire et humus, ainsi que les influences qui en découlent pour les propriétés physiques de la terre végétale. Ensuite nous étudions successivement les propriétés physiques des terres : compacité, perméabilité, faculté d'imbibition, hygroscopicité, capillarité, retrait, capacité calorifique, etc., en indiquant les façons culturales, qui peuvent les utiliser ou les modifier avantageusement.

Nous agissons de même pour les propriétés chimiques des terres en faisant connaître les propriétés chimiques des éléments constitutifs du sol et des principes fertilisants : azote, acide phosphorique, chaux et potasse ; enfin, nous indiquons ce qu'on doit entendre par " pouvoir absorbant de la terre ".

Ce chapitre doit être lu attentivement, car, étant lui-même très résumé, tout cultivateur doit le posséder entièrement.

Deuxième partie. — La nutrition végétale est une des questions les plus importantes de la science agricole, étant données les conséquences pratiques qui en dépendent.

Si l'Agriculture est restée si longtemps stationnaire, c'est, qu'alors, on ne connaissait ni la composition des plantes ni les sources des différents éléments constitutifs de la matière végétale ni leurs modes d'assimilation. Dans le seul engrais qu'on donnait aux terres, le fumier, on attribuait à la matière organique un pouvoir fertilisant qui n'appartenait qu'aux principes minéraux. Dans ces conditions l'Agriculture ne pouvait progresser et la routine et l'arbitraire y régnaient en maîtres absolus.

Dans un chapitre premier nous étudions *la Composition des plantes, les origines et l'assimilation des principes minéraux*. Par conséquent, nous sommes amenés à parler des phénomènes vitaux du règne végétal : respiration, fonction chlorophyllienne, assimilation des principes nutritifs minéraux par les racines, etc.

Dans un deuxième chapitre, *Exigences des principales cultures en principes fertilisants*, nous montrons l'importance qu'il y a de connaître : « d'une part, les quantités totales d'éléments fertilisants absorbés par les récoltes, dans leurs parties aériennes et souterraines, puis d'autre part la marche que suit cette absorption des principes nutritifs aux diverses phases de la végétation, et des aptitudes relatives que présentent les plantes qui nous intéressent, à l'utilisation des ressources que le sol met à leur disposition. »

Successivement nous établissons les exigences particulières du blé d'hiver, du blé de mars, de l'avoine, du seigle, du maïs, de la pomme de terre, de la betterave et des légumineuses, en indiquant pour la plupart les époques de la végétation où les exigences sont les plus élevées, les quantités de principes fertilisants laissés dans le sol et celles exportées par les produits.

Pour fixer les idées, nous avons donné pour chacun d'eux une récolte moyenne, par exemple 30 hectolitres pour le blé, mais les quantités de principes fertilisants correspondantes sont proportionnelles aux rendements.

Troisième partie. — Considérations générales sur les Engrais. — Dans le chapitre premier nous passons en revue les *Engrais commerciaux*, en indiquant leur composition moyenne et leur prix de revient.

Le deuxième chapitre est consacré à la *Composition, à la conservation et à l'emploi du fumier*. Etant données, en général, les conditions actuelles de la production et de la conservation du fumier, nous prions instamment les cultivateurs d'attacher une grande importance à ce chapitre et de ne pas craindre de rechercher dans les ouvrages spéciaux le développement des questions qui y sont résumées.

Dans le troisième chapitre, nous établissons un parallèle entre l'emploi du *Fumier de ferme* et celui des *Engrais chimiques*.

Enfin dans le chapitre quatrième, *Emploi des engrais*, nous indiquons quelles sont les propriétés particulières des différents engrais, et quelles sont pour chacun d'eux les meilleures conditions d'utilisation suivant le climat, les sols et les exigences culturales.

Quatrième partie. — Etude agronomique des terrains. — Maintenant que nous possédons des notions générales suffisamment étendues sur les questions les plus essentielles de la science agricole, nous pouvons aborder avantageusement l'étude agronomique des différents terrains géologiques qui composent le Canton. Mais ces connaissances générales sont indispensables pour apprécier les propriétés physiques et chimiques des terres, leurs qualités et leurs défauts, et pour comprendre l'utilité et l'importance des améliorations foncières et culturales, ainsi que l'application des engrais.

L'étude agronomique de chaque terrain comprend l'étude de ses propriétés physiques et des améliorations foncières qui en dépendent, de ses propriétés chimiques et des précautions concernant l'emploi des engrais ; pour fixer les idées, nous indiquons sa composition physique et chimique moyenne, par conséquent, ses ressources naturelles ; enfin, nous insistons particulièrement sur les améliorations foncières et culturales qu'il est nécessaire ou simplement avantageux de lui apporter et sur l'emploi des engrais.

Pour les Eboulis et le Limon des plateaux, qui sont les deux terrains types du Canton, nous indiquons deux assolements, afin de pouvoir déterminer les quantités d'engrais propres à chaque culture, en tenant compte des antécédents culturaux du champ. Ces assolements pourront être évidemment modifiés au gré des cultivateurs, mais ils devront calculer leurs formules, en tenant compte du groupement des récoltes et des quantités d'engrais indiquées dans les assolements types.

Pour ne pas sortir du cadre de cet ouvrage, nous n'avons traité, en **Viticulture**, que les questions qui peuvent se rattacher à la géologie et à la chimie agricoles, c'est à dire la *reconstitution des vignobles* ou *l'adaptation des vignes américaines*, les *exigences culturales de la vigne en principes fertilisants* et *l'emploi des engrais*.

Enfin, nous indiquons quelques considérations sur la *fumure des arbres fruitiers*.

Le **Tableau des analyses** contient le résultat des analyses physiques et chimiques faites sur les échantillons de terre prélevés. Ceux-ci ont été prélevés en suivant le procédé indiqué par le Comité des stations agronomiques ; par conséquent, ils n'intéressent que la terre végétale jusqu'à 30 centimètres de profondeur.

Au laboratoire, on détermine, tout d'abord, la proportion des cailloux, des graviers et de la terre fine. A cet effet, on se sert de deux tamis dont les mailles ont respectivement 5 $^m/_m$ et 1 $^m,^m$ de côté. Par convention : les matériaux qui ne peuvent traverser le premier tamis constituent le lot « cailloux » ; ceux qui restent sur le tamis de 1 $^m/_m$, le lot « graviers » ; enfin la terre qui l'a traversé constitue la « terre fine ».

Lorsque la proportion des cailloux et des graviers est trop faible pour mériter une détermination, on traduit ce fait par l'adverbe « peu ».

L'analyse physique et chimique ne porte que sur la terre fine.

L'analyse physique comprend la détermination du sable grossier, du sable fin, de l'argile et de l'humus.

La séparation du sable grossier, du sable fin, de l'argile et de l'humus repose sur la précipitation plus ou moins rapide de ces éléments mis en suspension dans l'eau. Dans une première opération on recueille le sable grossier, qui se dépose le premier ; puis, en prenant certaines précautions, indispensables pour maintenir l'argile en suspension et pour dissoudre l'humus, on sépare d'une part le sable fin et d'autre part ce qu'on est convenu d'appeler l'argile.

Etant donnée la faible proportion de l'humus et le peu de précision des procédés indirects employés à son dosage, nous n'avons pas jugé utile de déterminer spécialement la proportion d'humus. Dans les chiffres que nous donnons pour l'argile et l'humus réunis, celui de l'humus dépasse rarement 5 millièmes et, par conséquent, influe peu sur la détermination de l'argile.

L'analyse chimique a porté sur le dosage du calcaire, de l'azote, de l'acide phosphorique et de la potasse.

Les résultats, obtenus sur la terre fine, ont été rapportés à la terre complète, c'est-à-dire que nous avons tenu compte de la proportion des cailloux et des graviers, qui sont considérés comme des matériaux inertes.

Enfin, en *pathologie végétale*, nous avons cru utile de faire connaître les maladies les plus désastreuses pour les cultures et pour la vigne, en indiquant les procédés pour les combattre avantageusement.

LA CARTE AGRONOMIQUE CANTONALE

Nous avons pris pour base topographique la carte cantonale à l'échelle du 1 vingt millième, publiée par le département de Seine-et-Marne. Par conséquent, 5 millimètres de la carte représentent 100 mètres sur le terrain ; 5 cent., 1 kilomètre.

Nous y avons reporté les contours des différents terrains géologiques qui composent le Canton. Chaque terrain est représenté par une teinte spéciale et désigné par un indice particulier. Par exemple, les sables de Fontainebleau sont colorés en violet et leur indice particulier est **m,,,** le travertin de Champigny est coloré en rose et son indice est **e⁵**.

Des coupes géologiques, passant par différents axes, donnent une idée exacte de la superposition des terrains géologiques et des causes de leurs affleurements. L'échelle des longueurs est encore le 1 vingt millième ; celle des hauteurs est au 1 deux millième, par conséquent, 5 m/m. représentent une hauteur de 10 mètres.

Une première coupe suit la route départementale de Melun à Milly. Une deuxième suit la route nationale de Paris à Lyon, en passant par Ponthierry et Chailly ; à Chailly, elle change de direction et suit le chemin de grande communication de Melun à la Chapelle-la-Reine, en passant par Barbison, Mâcherin et Arbonne. La troisième coupe suit le chemin de grande communication de Brie à la Chapelle la Reine, en passant par Ponthierry, Jonville, Brinville, St-Sauveur, Perthes et Fleury ; à Fleury, elle change de direction, suit le mur du parc et prend le chemin de Courances jusqu'au bois de Thurelles.

Les chiffres, indiqués comme points de repère, correspondent aux chiffres kilométriques marqués sur les routes. Les limites des communes traversées par les coupes sont également indiquées.

L'emplacement des échantillons de terre prélevés est marqué par le centre des cercles noirs ; un numéro d'ordre permet de les distinguer.

LES CARTES AGRONOMIQUES COMMUNALES

Nous avons pris pour base topographique le plan d'assemblage du cadastre, à l'échelle de 1 dix millième. Par conséquent, 1 centimètre de la carte représente 100 mètres sur le terrain ; un décimètre, 1 kilomètre.

Nous y avons reporté les contours des différents terrains géologiques qui composent la commune. Chaque terrain est représenté par la même teinte et par le même indice que sur la carte cantonale.

Une coupe géologique communale accompagne la carte cadastrale.

L'emplacement des échantillons de terre prélevés est marqué par le centre des cercles. Pour donner un aperçu général de la composition physique et chimique des terrains, nous avons représenté sur la carte les résultats de l'analyse. Chaque cercle est divisé en quatre secteurs contenant les résultats du dosage de l'azote, de l'acide phosphorique, de la potasse et du calcaire. L'emplacement uniforme de ces différents dosages est indiqué sur la carte. Les résultats de l'analyse physique y sont également inscrits. Près du cercle se trouve la lettre **S**, suivie d'une barre horizontale ; le chiffre représentant la proportion de sable grossier est inscrit au-dessus de la barre ; en dessous, le chiffre du sable fin ; la proportion d'argile et d'humus est donnée à droite de la lettre **A**.

INTERPRÉTATION PRATIQUE DE LA CARTE AGRONOMIQUE

Maintenant que nous possédons les éléments nécessaires pour appliquer judicieusement, c'est-à-dire avec raison et économie, les nouvelles méthodes et pratiques culturales, comment pouvons-nous interpréter ces connaissances, afin de pouvoir les appliquer à nos champs de différentes natures et aux diverses cultures !

Pour procéder avec méthode et faciliter cette interprétation pratique et l'application de ces connaissances, nous nous servirons du tableau donné avec la Notice.

Celui-ci est divisé en plusieurs colonnes, indiquant la position du champ, les terrains géologiques auxquels il appartient, sa composition physique et chimique, déduite de l'analyse des échantillons voisins, et une colonne d'observations et de renseignements particuliers.

Le premier soin du cultivateur est de dresser la liste complète des champs qu'il cultive, en les groupant autant que possible soit par région, soit d'après leur origine géologique, et en affectant à chacun d'eux un numéro. Ceci fait, on inscrit le numéro d'ordre du champ dans la première colonne; puis, sur la même ligne, successivement, le nom du lieu dit, le ou les numéros du cadastre et la superficie totale du champ.

Il s'agit de déterminer sur la carte cantonale l'emplacement exact du champ, pour savoir à quel terrain géologique il appartient. Pour une personne habituée à lire les cartes géographiques, cette détermination est très simple, la carte communale, que l'on peut consulter à cet effet, étant très claire et à une échelle largement suffisante ; pour les autres personnes, un peu d'habitude suffirait, mais voici un moyen qui facilitera cette recherche.

Comme chacun le sait, la carte cantonale est la reproduction exacte à une échelle réduite, de tous les accidents géographiques du Canton : villages, hameaux, routes, chemins, rivières, bois, limites des communes, etc. Il est donc possible de se diriger sur la carte, absolument de la même manière que s'il fallait marcher sur le terrain.

Ceci dit, il suffit pour trouver l'emplacement d'un champ quelconque, de se placer sur un lieu géographique facile à trouver et marqué sur la carte : par exemple, l'église, indiquée par une croix, l'école et la mairie, inscrites en toutes lettres, les hameaux, les cimetières, les fermes, les châteaux, les ponts, les lavoirs, les croisements de route, etc.; puis, de se diriger, par la pensée, vers le champ, en suivant sur la carte les chemins qui y conduisent et en notant, pour ne pas se tromper, les accidents géographiques que l'on doit rencontrer : croisements de route, fermes, etc.

Enfin, lorsqu'on se trouve sur le chemin où donne le champ, on s'arrête, puis, on calcule très approximativement la distance qui sépare le champ du croisement de la route la plus proche qui traverse ce chemin ; connaissant l'échelle de la carte, c'est-à-dire ce qu'un centimètre représente de mètres, il est dès lors facile de déterminer l'emplacement exact du champ, en écrivant sur la carte son numéro d'ordre. Lorsque le champ a une certaine étendue, on peut tracer au crayon ou au tire-ligne ses limites respectives.

Lorsque l'emplacement du champ est ainsi déterminé, il suffit par une simple lecture

NOMENCLATURE DES TERRAINS

Nº d'ordre	Lieux dits	Numéros du cadastre	Superficie	Terrains géologiques	Superficie	Origine de la terre végétale	Profondeur moyenne de la terre végétale	Numéros des échant. types	Cailloux	Graviers	Terre fine	Sable grossier	Sable fin	Argile et Humus	Calcaire	Azote	Acide phosphorique	Potasse	OBSERVATIONS
1	La Genêtrière	2155	1ʰ 29ᵃ	Sables de Fontainebleau	1ʰ 29ᵃ	Sables de Fontainebleau	0.60 — 0.80	109	peu	peu	980	494	435	68	1.4	0.70	0.37	0.62	Voir page 150 du Journal
2	Les Pâtis	2193, 2194	2ʰ 43ᵃ	Travertin de Brie et Argile verte	1ʰ 85ᵃ 0ʰ 58ᵃ	Travertin de Brin et Eboulis Argile verte et Eboulis	0.50 — 0.60 0.50 — 0.75	135 153	peu peu	peu peu	965 970	338 443	495 407	164 120	1.7 15.7	0.85 1.07	0.46 0.40	1.31 1.09	La terre est plus argileuse que dans l'échantillon type.
3	Les Malpièces	4153	0ʰ 28ᵃ	Eboulis	0ʰ 28ᵃ	Eboulis	0.50 — 0.60	23 24	peu 14	peu 9	970 977	505 606	435 346	58 45	1.08 Traces	0.57 0.68	0.35 0.53	0.51 0.51	Le champ suit le premier assolement depuis 1901.
4	Les Tartivois	2145, 2146	1ʰ 57ᵃ	Travertin de Brie	1ʰ 57ᵃ	Eboulis	1.10 — 1.80	126	peu	peu	967	695	235	68	Traces	0.71	0.63	0.35	

de reconnaître le ou les terrains géologiques sur lesquels il repose ; on écrit le nom de chacun d'eux sur une ligne spéciale dans la cinquième colonne.

Il est intéressant de savoir la superficie du champ occupée par chacun des différents terrains ; cette évaluation approximative est inscrite dans la sixième colonne.

Lorsque le champ repose sur le Travertin inférieur de Brie, ou sur l'Argile verte, ou sur le Travertin de Champigny, il y a lieu de déterminer l'origine de la terre végétale. Nous avons dit que, généralement, ces terrains avaient été recouverts d'un dépôt posté-rieur, provenant soit des Éboulis, soit des Sables de Fontainebleau, soit des Limons, mais il peut se faire également que la terre végétale provienne directement de la décomposition de la roche sous-jacente. Connaissant les propriétés caractéristiques de ces différents ter-rains et leur valeur propre, il sera facile de se rendre compte et de déterminer celui qui a donné naissance à la terre végétale. Pour tous les autres terrains , Éboulis, Sables de Fontainebleau, Limons, Alluvions et Hauts graviers, la terre végétale provient du terrain géologique, sur lequel elle repose.

Il est utile et même quelquefois nécessaire pour les cultivateurs de posséder des idées exactes sur la profondeur de la terre végétale et sur la constitution du sous-sol. Quelques sondages exécutés à propos leur permettront de s'en rendre compte.

Pour connaître avec une approximation suffisante la composition physique et chimique du champ, nous prendrons, comme base, l'analyse des échantillons types voisins, à con-dition, toutefois, que ces échantillons appartiennent au même terrain géologique que le champ considéré ; cette dernière condition doit être rigoureusement observée.

On inscrit dans la neuvième colonne le numéro des échantillons types voisins, et, à la suite, les différents résultats analytiques fournis par le tableau des analyses pour chacun d'eux ; au besoin, on souligne celui dont les propriétés et la valeur culturale se rappro-chent le plus de celles du champ.

Une colonne d'observations et de renseignements particuliers pourra contenir des in-dications sur les antécédents culturaux du champ, sur l'assolement suivi, sur des particu-larités intéressantes, etc.

Une fois ce travail accompli pour tous les champs, il sera facile de les grouper suivant leur origine géologique, suivant leurs propriétés et la valeur de leurs ressources natu-relles, et de suivre sur la Notice l'étude détaillée de leur origine géologique, de leurs pro-priétés physiques et chimiques et des améliorations foncières et culturales qui leur sont destinées. L'emploi des engrais est d'une application plus délicate et demande l'expérimen-tation pratique.

Du reste, nous nous proposons d'entreprendre personnellement et avec l'aide de profes-seurs distingués et d'agriculteurs dévoués et compétents une longue série d'expériences sur les différentes questions que nous n'avons pu traiter que sommairement dans cette notice. Nous aurons à cœur de pousser ces études, qui sont en quelque sorte le complément né-cessaire de la Carte agronomique, aussi loin que possible, dans le but d'obtenir quelque progrès dans les pratiques agricoles, quelques améliorations dans les conditions cultu-rales, quelque bien-être économique et social.

TABLE DES MATIÈRES

TROISIÈME PARTIE

Les Engrais

QUATRIÈME PARTIE

Etude Agronomique des Terrains

VITICULTURE

PREMIÈRE PARTIE

Reconstitution des Vignobles

DEUXIÈME PARTIE

Culture de la Vigne

PATHOLOGIE VÉGÉTALE